Raven AND THE Red Ball

BY SARAH DRUMMOND

Pomegranate **Kids**®

Portland, Oregon

For Jim (and Scruggs), in loving memory

The End

About the Author

Sarah Drummond is an artist and naturalist with a lifelong passion for exploring the world of animals. She studied ecology at College of the Atlantic, Maine, and wrote her master's thesis through Prescott College, Arizona, on the impact of artists traveling with early exploring expeditions prior to the invention of photography. Her writing and artwork have appeared in a variety of venues, from *Natural History* magazine to educational materials for the Smithsonian Institution's National Museum of Natural History. Sarah loves to travel and enjoys leading trips to far-flung destinations. She spends her summers in the lush fjords of southeastern Alaska, working as a naturalist and guide on a vintage wooden charter boat. Throughout the rest of the year she is a freelance illustrator and teacher, leading courses in natural history and artistic technique. On those rare occasions when she is not somewhere else, Sarah lives in the mountains of Colorado with her family and a yellow lab named Hailey.

Published by PomegranateKids®, an imprint of
Pomegranate Communications, Inc.
19018 NE Portal Way, Portland OR 97230
800 227 1428 | www.pomegranate.com

Pomegranate Europe Ltd.
Unit 1, Heathcote Business Centre, Hurlbutt Road
Warwick, Warwickshire CV34 6TD, UK
[+44] 0 1926 430111 | sales@pomeurope.co.uk

To learn about new releases and special offers from Pomegranate, please visit www.pomegranate.com
and sign up for our e-mail newsletter. For all other queries, see "Contact Us" on our home page.

This product is in compliance with the Consumer Product Safety Improvement Act of 2008 (CPSIA).
A General Conformity Certificate concerning Pomegranate's compliance with the CPSIA is available on
our website at www.pomegranate.com, or by request at 800 227 1428.

Library of Congress Control Number: 2013932531
ISBN 978-0-7649-6609-5

Pomegranate Catalog No. A225
Designed by Gina Bostian

Printed in China
22 21 20 19 18 17 16 15 14 13   10 9 8 7 6 5 4 3 2 1

KEEP CALM AND PUZZLE ON
BIBLE WORD SEARCHES

KEEP CALM AND PUZZLE ON
BIBLE WORD SEARCHES

BARBOUR BOOKS
An Imprint of Barbour Publishing, Inc.

© 2010 by Barbour Publishing, Inc.

Puzzles designed by Annie Tipton, Ashley Casteel, Donna Maltese, Kelly McIntosh, Paul Muckley, and Rebecca Germany. Previously published as *Bible Word Search 101, Vol. 1*

ISBN 978-1-64352-465-8

All scripture quotations are taken from the King James Version of the Bible.

Published by Barbour Books, an imprint of Barbour Publishing, Inc., 1810 Barbour Drive, Uhrichsville, Ohio 44683, www.barbourbooks.com

Our mission is to inspire the world with the life-changing message of the Bible.

Member of the
Evangelical Christian
Publishers Association

Printed in China.

KEEP CALM AND PUZZLE ON:
BIBLE WORD SEARCHES

If you like Bible word searches, you'll love this book. Here are 99 puzzles to expand your Bible knowledge and test your word search skills, as thousands of search words—each one selected from the King James Version of the Bible—await your discovery. You're in for hours of fun!

Keep Calm and Puzzle On: Bible Word Searches contains two types of puzzles. You'll find traditional word search lists, with 18–35 entries based on a common theme, as well as scripture passages with the search words printed in **bold type**. When a phrase is **<u>bold and underlined</u>**, those words will be found together in the puzzle grid. Answers, of course, are provided.

There's not much else to say, other than this: Keep calm and puzzle on!

1

UNIMAGINABLE GLORY

But as **it is written**, **Eye hath not seen**, nor **ear heard**, neither have **entered** into **the heart of man**, the things which **God** hath **prepared** for **them that love him**. But God hath **revealed** them **unto us** by **his Spirit**: for the Spirit **searcheth all things**, **yea**, the **deep** things of God. For what man knoweth the things of a man, **save** the spirit of man which is **in him**? even so the things of God knoweth no man, but the Spirit of God. (1 Corinthians 2:9–11)

WORD SEARCH

```
M I H E V O L T A H T M E H T
I L W H T E H C R A E S I A O
T T I E H O M K T P W N L J T
I H U N E W A L L T H I N G S
S I O D H E A O I I A N O A T
W E P C E I J N P R D D V M W
R W R A A E M L U I E E O S H
I C E H R D P C W P L T J U T
T M P C T I R M H S A P D O E
T C A K O W N A K S E N E T W
E N R T F O A I E I V L R N O
N P E M M P U J E H E H E U N
U A D A A E Y E T U R A T J K
H J W I N N U L L I J A N W P
O N E E S T O N H T A H E Y E
```

2

BOOK OF CONTRASTS—1 JOHN

Christ / Antichrist (2:18–20)

Father / World (2:15–16)

God / Devil (3:1–10)

Life / Death (3:14)

Light / Darkness (1:5)

Love / Hatred (3:15–16)

New / Old (2:7–8)

True / False (4:1–6)

Truth / Lies (2:20–21)

WORD SEARCH

```
A N T I C H E N E E D O L P X
H F T U R T F I V E D E G I L
A A C H R R I O W O R L V H I
T S H H I U L O V M D E A I F
R G E L R E D A R K N E T L L
E O G I G I X U D F Y U S F O
B W O R L D S R A A F A I A L
V N D E A T W T R T A L R T R
O L E K N O H J K H L I H H R
L L D M I E L R N R S E C E T
I W P E R O W O E D E V I D A
G O L I A O L Y S D E R T A H
H R I U R T R U S O L N N L P
T L G L H C H R I S P O A O O
A J Q I T R U T H E R T A H W
```

3

DAVID'S CHARGE TO SOLOMON

Now the **days** of **David** drew **nigh** that he should **die**; and he **charged Solomon** his **son**, saying, I go the **way** of all the **earth**: be thou **strong** therefore, and shew thyself a **man**; And **keep** the **charge** of the Lord thy **God**, to **walk** in his ways, to **keep** his **statutes**, and his **commandments**, and his **judgments**, and his **testimonies**, as it is **written** in the **law of Moses**, that thou mayest **prosper** in all that thou **doest**, and whithersoever thou **turnest** thyself. (1 Kings 2:1–3)

WORD SEARCH

```
S G W R I T S E T U T A T S L
T D O E S T N I E M M O C A L
A K T D E G R A H C I R W C A
T E U T D A R D R O L O J H W
U E R E Q T C H A M F A U A O
G P N S H O M P R M I P D R K
N S E T S O A L O A W R G G L
O O W I S Y N S B N R K M E A
R L N M C E E V A D I E E O W
T O E O D S N O D M T U N E R
S Y T N M T U R N E T C T A P
D A V I D O A W U N E T S O N
Y W U E K E L E K T N I G K I
N V P S O R P O T S Y A D D G
T E S T I P R O S P E R E T H
```

4

ELIJAH ENCOURAGED BY GOD
(1 Kings 19:1–8)

<u>A day's journey</u>	Horeb	Second
Ahab	Jezebel	Servant
<u>Angel touched him</u>	Judah	Slain
<u>Arise and eat</u>	<u>Juniper tree</u>	Slept
Arose	Lay	Strength
Baken	Life	Sword
Beersheba	Messenger	<u>Take away my life</u>
Cake	Mount	Under
Coals	Prophets	Water
Cruse	Requested	Wilderness
Elijah	<u>Sat down</u>	

WORD SEARCH

```
Z E J Y R A M H A B A H A S M
E B U R E Q U E S T E D D I D
E F N O U N T S S E R R H L M
L W I L D E R N E S S D O O H
T A P L A A I U E C E U U H T
A T E A Y A B R O H O N R E G
E E R K L M V E C J T N G C N
D R T S A A Y U H D S P D E E
N E R A N C O A L S R Y E E R
A D E T H T Z E W J R O A L T
E N E P L E S O R A U E W D S
S U J E Z E B E L I E D E S A
I Y G S A T D O W N E K A B N
R N A S T E H P O R P O A H T
A H T L I F E L I J A H O T S
```

5

COMMON BIBLE NAMES, PART 1

Adaiah (9 men)

Amariah (9 men)

Elam (9 men)

Eleazar (8 men)

Elkanah (8 men)

Hanan (9 men)

Jeiel (8 men)

Jerimoth (8 men)

Jeshua (9 men)

Joash (8 men)

Jozabad (8 men)

Mattaniah (9 men)

Seraiah (9 men)

Shelemiah (9 men)

Shephatiah (9 men)

Simon (9 men)

Zadok (9 men)

Zebadiah (9 men)

WORD SEARCH

```
W S L T N I S E R A I A H H T
J D I O J R E A E A U A S E C
B E M N J O Z A B A D M L Y L
W I S J L A S W L O B A E T E
S S T H E I H J A P M R I O B
E H A L U R S T E W E I T A R
O E E V H A I L A I O A N E H
A L M P E T N M H R E H A L A
N E S A H Z S I O U S L B E I
O M I E H A I N A T T A M S D
R I D A N D T L H N H H I C A
O A S A E O T I K A E S Y E B
M H N E L K A N A H T M E A E
N A F W A N S I B H S A O J Z
H O S E H I L O J O W T X I N
```

6

COMMON BIBLE NAMES, PART 2

Berechiah (7 men)

Eliashib (7 men)

Elioenai (7 men)

Elishama (7 men)

Hur (7 men)

Iddo (7 men)

Jeremiah (7 men)

Jeroham (7 men)

Judah (7 men)

Judas (7 men)

Malchiah (7 men)

Micah (7 men)

Shechaniah (7 men)

Zabad (7 men)

Zerah (7 men)

Ahijah (6 men)

Binnui (6 men)

Elah (6 men)

Eliab (6 men)

Eliphelet (6 men)

Ezer (6 men)

Hanani (6 men)

Heber (6 men)

Hilkiah (6 men)

Ishmael (6 men)

Jehohanan (6 men)

Jehoiada (6 men)

Pedaiah (6 men)

Uzzi (6 men)

Uzziel (6 men)

Zaccur (6 men)

WORD SEARCH

```
Y R A H I J A H H I L K I A H
E L J E R E M I A H A S Y M A
L P E D A I A H B N H I U L D
I C H L J S I M T M A B Z E U
P E O A U E H B A D L N Z J J
H N I R D D S E I L M A I E S
E J A E A F L R C I C U A R N
L L D B S T E E Y H O H B O A
E U A E H Z L C U D A A I H N
T Z H H E O I H D Z I N O A A
M A A I U N N I B L Z G I M H
I C R O T R E A E W O I W A O
C C E L I A S H I B N L E I H
A U Z A K T O I A N E O I L E
H R I Z N E L I S H A M A L J
```

7

STRANGERS AND PILGRIMS

Dearly beloved, I **beseech** you as **strangers** and **pilgrims, abstain** from **fleshly lusts,** which **war** against the **soul;** Having your **conversation honest** among the **Gentiles**: that, whereas they **speak against** you as **evildoers,** they may by your **good works,** which they shall **behold, glorify God** in the **day** of visitation. (1 Peter 2:11 – 12)

WORD SEARCH

```
B  B  E  S  F  E  E  C  H  S  G  I  S  A  S
E  H  S  K  A  L  E  P  S  P  L  C  T  B  D
H  O  T  B  D  O  E  O  G  E  O  O  R  S  A
O  N  S  E  E  G  O  S  O  A  R  N  S  T  Y
L  E  U  L  A  D  W  E  H  K  I  V  R  A  U
D  S  L  O  R  O  O  L  Y  L  F  E  E  I  A
A  T  P  I  L  G  R  I  M  S  Y  R  G  N  G
B  P  I  V  Y  L  F  T  W  S  T  S  N  S  A
B  E  S  E  E  C  H  N  D  A  R  A  A  T  I
S  S  I  D  A  G  A  E  W  E  R  T  R  R  N
T  D  O  A  B  S  T  G  A  I  V  I  T  A  S
A  E  I  U  I  R  D  G  L  I  P  O  S  N  T
I  E  V  I  L  D  O  E  R  S  T  N  L  G  E
N  A  O  H  E  B  O  G  V  O  L  E  B  E  A
X  R  B  E  L  O  G  V  S  K  R  O  W  Y  B
```

8

GENESIS WIVES

Eve (and Adam, Genesis 3:20)

Adah (and Lamech, Genesis 4:19)

Zillah (and Lamech, Genesis 4:19)

Sarai (and Abram, Genesis 11:29)

Milcah (and Nahor, Genesis 11:29)

Hagar (and Abram, Genesis 16:3)

Rebekah (and Isaac, Genesis 24:67)

Keturah (and Abraham, Genesis 25:1)

Judith (and Esau, Genesis 26:34)

Mahalath (and Esau, Genesis 28:9)

Leah (and Jacob, Genesis 29:23)

Rachel (and Jacob, Genesis 29:28)

Bilhah (and Jacob, Genesis 30:4)

Zilpah (and Jacob, Genesis 30:9)

Aholibamah (and Esau, Genesis 36:2)

Bashemath (and Esau, Genesis 36:3)

Mehetabel (and Hadar, Genesis 36:39)

Tamar (and Er, Genesis 38:6)

Asenath (and Joseph, Genesis 41:45)

WORD SEARCH

```
H A L N G J S Z T M U R F L H
T Y E F R S U C L W Q E E E L
A D A L R T L D L O R B G H Y
N W H A C L I M I R A E D C J
E A N T D S W O H T T K I A A
S T H J A G F P E K H A M R K
A F T E L M E H Q T L H Y W K
Z P A E I O E V E S B A G M E
I S L O M M J H B Y N G S S T
L O A G W P H S S T E A T T U
L I H R H N A T Y A W R D E R
A H A Z A K H R I M B Z Y A A
H A M A B I L O H A F C R R H
J E M X A C I A P R N H A K U
B R A V P H B N W Z I L P A H
```

9

LIVING FOUNTAINS OF WATERS

Therefore are they before the **throne** of **God**, and **serve** him **day** and **night** in his **temple**: and he that sitteth on the throne shall **dwell** among them. They shall **hunger** no more, neither **thirst** any more; neither shall the **sun light** on them, nor any **heat**. For the **Lamb** which is in the **midst** of the throne shall **feed** them, and shall **lead** them unto **living fountains** of **waters**: and God shall **wipe** away all **tears** from their **eyes**. (Revelation 7:15–17)

WORD SEARCH

```
T  T  A  E  H  O  F  O  U  N  T  A  I  N  S
N  Y  H  T  E  M  P  W  R  U  V  C  A  S  M
U  E  V  R  E  S  U  H  T  H  V  R  E  S  N
O  A  D  A  O  O  R  H  T  H  I  R  S  T  I
F  E  D  G  I  N  U  S  G  U  F  L  U  E  G
O  L  R  W  A  T  E  R  S  N  S  E  O  A  H
Q  A  E  B  E  O  R  H  T  G  P  I  W  R  T
U  M  N  I  G  L  L  I  G  E  A  D  U  S  N
V  B  D  E  E  F  L  Y  O  R  N  Z  A  D  U
T  Z  E  W  L  E  A  Q  H  J  L  I  V  E  H
A  A  I  O  P  D  O  G  K  M  R  E  S  F  L
D  P  D  I  M  Y  M  A  L  I  G  H  T  G  E
E  O  I  W  E  Y  E  S  X  D  I  E  L  N  T
M  I  D  Q  T  E  M  P  L  S  U  Y  P  U  A
W  A  T  L  I  V  I  N  G  T  E  A  R  H  W
```

10

THE JUDGMENT IS DEATH

(GOD SANCTIONED THESE DEATHS.)

Abihu (Leviticus 10:1–2)

Ammonites (2 Chronicles 20:1–22)

Ananias (Acts 5:1–10)

Assyrian troops (2 Kings 19:35)

Er (Genesis 38:7)

Gog (Ezekiel 38–39)

Hananiah (Jeremiah 28:15–17)

Herod Agrippa (Acts 12:21–23)

Israelites (Numbers 25 and 1 Samuel 6)

Jeroboam (2 Chronicles 13:20)

Korah (Numbers 16:30–32)

Lot's wife (Genesis 19:26)

Magog (Ezekiel 38–39)

Moabites (2 Chronicles 20:1–22)

Nabal (1 Samuel 25:38)

Nadab (Leviticus 10:1–2)

Onan (Genesis 38:8–10)

Philistines (1 Samuel 7:10)

Sabbath-breaker (Numbers 15:32–36)

Sapphira (Acts 5:1–10)

Saul (1 Chronicles 10:13–14)

Sodomites (Genesis 19:24)

Ten spies (Numbers 14:37)

Uzzah (2 Samuel 6:7)

WORD SEARCH

```
A M M O N I T E S A I N A N A
S S E F I W S T O L G K S C R
E F S X Z H K C S O X A J E I
T W D Y A N J E G C P E K W H
I Q R Z R D T A V P F A S Q P
M S Z O C I M O I O E E Y M P
O U R P B A R P R N J C A A
D H G A L W G N B I K A H O S
O I O A E A E H T U P A N B E
S M B K D L T S P R I Z H O I
Q A L O B A I G A N O A Y R P
N V R A B L K T A U R O Q E S
Z E D B I U J N E O L I P J N
H A A H L Y A L K S S W T S E
N S P R U H I B A E R G O G T
```

11

X INSIDE

Arphaxad (Genesis 10:22)

Artaxerxes (Ezra 4:7)

Axletrees (1 Kings 7:32)

Exalt (Exodus 15:2)

Examine (1 Corinthians 11:28)

Exceedingly (1 Chronicles 29:25)

Excellency (Psalm 68:34)

Exchange (Matthew 16:26)

Executioner (Mark 6:27)

Exercise (1 Timothy 4:8)

Exile (2 Samuel 15:19)

Expectation (Philippians 1:20)

Expert (Acts 26:3)

Extinct (Job 17:1)

Extol (Psalm 145:1)

Extortioner (1 Corinthians 5:11)

Foxes (Judges 15:4)

Oxen (1 Samuel 15:9)

Perplexed (Esther 3:15)

Taxed (Luke 2:1)

Vexation (Ecclesiastes 1:14)

Waxed (Psalm 32:3)

WORD SEARCH

```
V E W T X O E X P E R T L D X
A E X A S E X R E X A T R A H
S I X T H T H E R I S E X O F
E E E A I T A R P H A X A D X
X S J X T N L X L M D T N C U
C I K L I I C A E K X O I E E
E C X E Y L O T X D E R W G X
L R L T M K E N E E H T L N A
L E S R X L I X D W L I X A M
E X P E C T A T I O N O E H I
N E B E T W I X T S Y N T C N
C O T S Y L G N I D E E C X E
Y E X E C U T I O N E R U E E
F I X E D X M A X R M I X E D
E X P E N S E S L E X A R H L
```

12

UNITED IN CHRIST

And the **multitude** of them that **believed** were of <u>**one heart**</u> and of <u>**one soul**</u>: neither said any of them that ought of the things which he possessed was his own; but they had all things **common**. And with <u>**great power**</u> gave the apostles **witness** of the **resurrection** of the <u>**Lord Jesus**</u>: and great **grace** was upon them all. Neither was there any among them that lacked: for as many as were **possessors** of **lands** or **houses** sold them, and brought the prices of the things that were sold, and laid them down at the apostles' **feet**: and **distribution** was made unto every man **according** as he had need. And **Joses**, who by the apostles was surnamed **Barnabas**, (which is, being interpreted, The son of **consolation**,) a **Levite**, and of the country of **Cyprus**, having land, sold it, and brought the **money**, and **laid** it at the apostles' feet. (Acts 4:32–37)

WORD SEARCH

```
A N S U S E J D R O L T G K P
C O M M O N O E S H A N A J X
E R N T C H S V T I W P C U E
Y O O O Y T E E G Q U O C P S
G S I N I O S I O N E S O U L
R A T E F T N L E T I S R W A
E B A H E E U E M E J E D I I
A A L E T C S B H E R S I T D
T N O A I A A U I F N S N N Z
P R S R V R Y A R R G O G E H
O A N T E G E S T P T R S S O
W B O E L A N D S R Y S D S U
E N C L W B O C K I O C I L S
R T G R A V M U L T I T U D E
Z C N O I T C E R R U S E R S
```

13

THE POLITICS OF PSALM 2

Anointed	Fear	Rage
Asunder	Heathen	Rejoice
Bands	Heavens	<u>Rod of iron</u>
Break	<u>Holy hill of Zion</u>	Rulers
Cast	Imagine	Sitteth
Cords	Inheritance	Sore
Counsel	<u>Kings of the earth</u>	Speak
Dash	<u>Kiss the Son</u>	Vain
Decree	Laugh	Vex
Derision	People	Wrath
Displeasure	Possession	

WORD SEARCH

```
H O R E C N A T I R E H N I K
H T L E S N U O C H N B O I H
D G R O D O F I R O N A N S E
I G U A N N R N S L R N A R A
S R X A E H U E Z Y G D H E T
P E O P L E H S C H N S S L H
L O W R A T H A A I I C R U E
E C S E S T S T N L O E H R N
A H N S C T T O F L J E E H T
S E I N E I I E S O E N A T B
U K A E P S A S I F S I V E R
R O V O I R S C O Z A G E T E
E E H R A G E I N I E A N T A
X D E C R E E R O O W M S I K
E D N D E T N I O N A I N S K
```

14

GOD'S ANSWER TO
JEHOSHAPHAT'S PRAYER

And he said, **Hearken** ye, all **Judah**, and ye **inhabitants** of **Jerusalem**, and thou **king Jehoshaphat**, Thus **saith** the LORD unto you, <u>**Be not afraid nor dismayed**</u> by **reason** of this <u>**great multitude**</u>; for the **battle** is not **yours**, but God's. <u>**To morrow**</u> go ye **down** against them: **behold**, they **come** up by the **cliff** of **Ziz**; and ye shall **find them** at the end of the **brook**, before the **wilderness** of Jeruel. Ye shall <u>**not need to fight**</u> in this battle: <u>**set yourselves**</u>, <u>**stand ye still**</u>, and **see** the **salvation** of the LORD with you, O Judah and Jerusalem: <u>**fear not**</u>, nor be dismayed; to morrow go out against them: for the LORD **will** be with you. (2 Chronicles 20:15–17)

WORD SEARCH

```
L S E V L E S R U O Y T E S T
L G A T A H P A H S O H E J U
I J R G N I K F I N D G R O I
T E B E H O L D N E T I S W N
S R E F A W S H Y M O F A O H
E U N E L T T A B O N O I R A
Y S O Z F G M D E C R T T R B
D A T I F S E U O R A D H O I
N L A Z I R H J L V E E U M T
A E F D L U T I L T F E D O A
T M R R C O N A I K I N A T N
S O A O P Y S R W J O T D H T
N W I L D E R N E S S O U E S
W I D N E K R A E H W N R D N
L J E R U E L T I N O O S B E
```

THE PERSECUTED

Abednego (Daniel 3)

The church (Acts 8:1–3, 9:1–9)

Daniel (Daniel 6)

David (1 Samuel 20–27; Psalm 31:13, 59:1–4)

Elijah (1 Kings 18:10–19:2)

Isaac (Genesis 26:12–33)

James (Acts 12:1–2)

Jeremiah (Jeremiah 37:1–38:13)

Jesus (Luke 22:63–24:7)

Job (Job 1:8–12, 2:3–7)

John (Acts 4:1–31; Revelation 1:9)

John the Baptist (Matthew 14:3–13)

Meshach (Daniel 3)

Moses (Exodus 17:1–7)

Paul (Acts 14:19, 16:16–24)

Peter (Acts 4:1–31, 12:3–17)

Priests of Nob (1 Samuel 22)

Prophets (1 Kings 18:3, 4)

Shadrach (Daniel 3)

Stephen (Acts 6–7)

Timothy (Hebrews 13:23)

Zechariah (2 Chronicles 24:20–22)

WORD SEARCH

```
D P H C I S H A I R A H C E Z
A D R B A B A B E D N E G O W
N T J O H A N A N I M E R E J
I E T E P A S H A D R A C H O
E L I J A H T I M O T H Y O H
L N H S E J E R E M I A H H N
S E C J O M I T I U R I M O S
E H A B O N F O S T S E I R P
S P H M R B A A H C E Z C W E
O E S G S O H I U R I J A H T
M T E E J E S U S E S A I A D
N S M O P R I R E T E P A L A
O A M I C A L U A P A U H Y V
J O H N T H E B A P T I S T I
A T H E C H U R C H E I N A D
```

16

EMBRACING GOD'S WORD

Therefore shall ye **lay up** these **my words** in your **heart** and in your **soul**, and **bind** them for a **sign upon your hand**, that they may be as **frontlets** between your **eyes**. And **ye shall teach** them your **children**, **speaking** of them when thou **sittest** in **thine house**, and when thou **walkest by the way**, when thou **liest down**, and when thou **risest up**. (Deuteronomy 11:18–19)

WORD SEARCH

```
H K D L L Z V C Z D G E Y E S
L E M J F G T B O N J E D F M
A T A K N G I S Q A S T F R B
Y B N R Q F H O L H C Y O O J
U O E J T L T U A R D A M N L
P Z R G H M K L B U K W G T C
M J D N I Q L F F O H E T L F
L C L I N T I D G Y O H Z E P
T K I K E O E J M N Q T F T U
S F H A H B S D R O W Y M S T
E G C E O C T Z T P G B J D S
T H Q P U L D Q H U M O B K E
T D J S S D O W A L K E S T S
I Z T G E Z W J C B I N D G I
S K H M O O N O L T D F H Q R
```

17

PRISCILLA

Aquila

Apollos

Asia

Brethren

<u>Christ Jesus</u>

Churches

Claudius

Commanded

Corinth

Craft

Depart

Ephesus

Expounded

Helpers

House

Italy

Jews

Necks

Paul

Perfectly

Pontus

Priscilla

Rome

Sailed

Salute

Synagogue

Syria

Tentmakers

Wife

WORD SEARCH

```
E  U  L  C  E  F  I  W  E  U  R  I  S  H  C
X  T  R  O  S  R  E  K  A  M  T  N  E  T  H
D  A  F  M  A  P  O  L  L  O  S  T  S  N  U
E  C  L  A  U  D  I  U  S  C  B  W  K  I  S
D  O  E  N  R  U  L  A  H  R  E  P  C  R  E
N  M  S  L  Q  C  I  A  N  J  E  H  E  O  H
U  M  U  A  L  L  I  C  S  I  R  P  N  C  C
O  A  T  N  E  T  D  A  U  I  P  E  L  E  R
P  N  N  D  M  E  L  R  S  S  A  R  X  E  U
X  D  O  X  P  U  O  T  E  W  O  F  Y  N  H
E  E  P  A  T  N  J  Q  H  E  N  E  G  A  C
P  D  R  E  E  Z  O  P  J  D  C  O  I  Y
O  T  M  I  S  U  U  N  E  R  H  T  E  R  B
N  O  L  U  P  S  Y  L  A  T  I  L  T  Y  I
R  D  S  H  E  U  G  O  G  A  N  Y  S  S  A
```

18

LIGHT OF THE WORLD

Ye are the **light** of the **world**. A **city** that is **set** on an **hill cannot** be **hid**. **Neither** do **men** light a **candle**, and put it **under** a **bushel**, but on a **candlestick**; and it **giveth** light unto all that are in the **house**. Let your light so **shine before** men, that they <u>**may see**</u> your **good works**, and **glorify** your **Father** which is in **heaven**. (Matthew 5:14–16)

WORD SEARCH

```
C A N D L E S T I C K A N N C
H O U T H G N N A C I H E E A
W H O G L O R I F Y E B V I N
C I R N L H C A N N O T A T W
A D E A N I T B E F O R E H O
N A H C A W G K R O W U H E R
D C T A C F M H W O R N A R L
T A A E A I A E T W H D C L D
H E F N N R Y R H I W E Y I R
T G S I D O S M L E M R T H H
I O W H L L E L I E H I I L T
E O O S L G E E S N N A C A E
N W O R K S T U C A N N O P V
N E I T H E O I E N D O O G I
W O M N E H I T L E H S U B G
```

LANDS (OF) STILL TO BE CONQUERED

(Joshua 13:1–6)

Aphek	Giblites
Ashdothites	Gittites
Avites	Hamath
Baalgad	Lebanon
Ekron	Mearah
Ekronites	Misrephothmaim
Eshkalonites	<u>Mount Hermon</u>
Gazathites	Sidonians
Geshuri	Sihor

WORD SEARCH

```
D O S A W L E M E A R A H G H
I S I E R T G I B L I T E S T
D I H L E G E S H U R I I N A
R V O I N O M R E H T N U O M
E K R O N M S E L S E T I V A
K I E B T Y T P S A A R E R H
R N G M A E T H T H T E V L Y
O E S H K A L O N I T E S E S
N T A S H D O T H I T E S B E
I I G S E T I H T A Z A G A T
T H T L E O E M Q U C O L N I
E C O L G H P A P H E K D O T
S N A I N O D I S X T A W N T
P A H E K I P M E R O H S N I
P E B A A L G A D I O T U R G
```

20

AN ANGEL APPEARS TO JOSEPH

Now the **birth** of <u>**Jesus Christ**</u> was on this **wise**: When as his **mother Mary** was **espoused** to **Joseph**, before they came **together**, she was **found** with **child** of the <u>**Holy Ghost**</u>. Then Joseph her **husband**, being a <u>**just man**</u>, and not willing to make her a **public example**, was **minded** to put her **away privily**. But while he thought on these things, behold, the **angel** of the Lord **appeared** unto him in a **dream**, saying, Joseph, thou son of **David**, fear not to take unto thee Mary thy **wife**: for that which is **conceived** in her is of the Holy Ghost. (Matthew 1:18–20)

WORD SEARCH

```
D A V I M A N D I V A D P A R
A P M H O L Y G H O S T U N E
V P A H T E F I W I F D B G H
E E R C H S O C X S I W L E T
L A G O E P R I V I L Y I D E
P R C N R O D R E A M A C R G
M E J E S U S C H R I S T N O
A D F O U S H T R I B A M A T
X A L F E E S P C H I L D M M
E F O U N D C A P C E U J T D
S J R M O T W E E G N A U S E
I O D O R A S W N O I Y S U D
W S J U Y O G A E P P A R J N
O E M A J L D N A B S U H A I
J C O N C E I V E D V I R P M
```

21

ISRAEL'S THREE-DAY PLAGUE

(2 Samuel 24)

Altar

Angel

Anger of the Lord

Araunah

Beseech

Captain

Choose

David

Destroy

Died

Enemies

Famine

Gad

Host

Iniquity

Israel

Joab

Judah

Kindled

King

Mercies

Number

Offer up

People

Pestilence

Plague

Seer

Sinned greatly

Three days

Three things

Threshingplace

Year

WORD SEARCH

```
R T H R E E T H I N G S Y E K
O B E S O O H C R I Y O C C D
L A K E R H A N U A R A Y N R
F O K I N D L E D T L L T E O
T J E C N O D E S P T T I L L
S U N R O G E E G A D A U I E
E D I E D R D N E C A R Q T H
R A M M H E I R O Q V I I S T
H H A T X H G I F U I Q N E F
T P F T S D B O F T D U I P O
B E S E E C H N E O S Y E A R
A O R N E L E A R S I O P N E
J H N O R E B M U N P E H G G
T I A K I R N D P L A G U E N
S J S E I M E N E O P L E L A
```

22

DO NOT WORRY

And he said unto his **disciples**, Therefore I say unto you, Take no **thought** for your **life**, what ye shall **eat**; neither for the **body**, what ye shall **put on**. The life is more than **meat**, and the body is more than **raiment**. Consider the **ravens**: for they neither **sow nor reap**; which neither have **storehouse** nor **barn**; and **God feedeth** them: how much more are ye **better** than the **fowls**? And which of you with taking thought can add to his **stature one cubit**? If ye then be not able to do that thing which is **least**, why take ye thought for the **rest**? Consider the **lilies** how they **grow**: they **toil** not, they **spin** not; and yet I say unto you, that **Solomon** in all his **glory** was not **arrayed** like one of these. (Luke 12:22–27)

WORD SEARCH

```
G S O W N O R R E A P S I D S
L D G L O R Y W W O R G S I T
O E X F E S U O H E R O T S O
R Y D O B L P I C S I D J C R
F A R W S O L R E S T U N I E
S R S L O T W A B A E R E P H
O R O S A R N V R R A U P L O
L A L R E T T E B B Q P I E S
O R F T O I L N M A M F S S P
M E E T N O I S C I E T L Y I
O Z E N G O L L E A A Y E P N
N U D O X B I A R T T R A U P
G L E T O N E C U B I T S N O
B E T U E B S R E A T E T M N
L I H P W A E R T H G U O H T
```

23

NABAL "THE FOOL"
(1 Samuel 25)

Abigail	Covert	Maon
About	David	Master
Avenging	Evil	Offence of heart
Beautiful	Feast	Servant
Blessing	Five damsels	Shearers
Bottles of wine	Folly	Sheep
Bowed	Handmaid	Son of Belial
Bread	House of Caleb	Sword
Carmel	Husband	Wickedness
Churlish	Loaves	Wives
Communed	Lord smote Nabal	

WORD SEARCH

```
O H S I L R U H C P E E H S L
X F O S S E N D E K C I W L O
E S F U R T R E V O C O O E A
S B L E S S I N G N R R L S V
B E A D N E V I L D D D U M E
W R V L N C O W T S A E F A S
C A E I O A E F M U R W I D R
O D N A W R B O C A O O T E E
M I G G D M T S F A S B U V R
M A I I R E W E U H L T A I A
U M N B N L I L T H E E E F E
N D G A P E R T A I N A B R H
E N B N O A M T T N A V R E S
D A V I D U F O L L Y E S T E
L H L A I L E B F O N O S O T
```

24

GOD'S PROMISE TO ABRAM

After these things the **word** of the LORD came unto **Abram** in a **vision**, saying, **Fear not**, Abram: I am thy **shield**, and thy **exceeding** great **reward**. And Abram said, LORD God, what wilt thou give me, seeing I go **childless**, and the **steward** of my house is this **Eliezer** of **Damascus**? And Abram said, **Behold**, to me thou hast given no **seed**: and, lo, one **born** in my **house** is **mine heir**. And, behold, the word of the LORD came unto him, saying, This shall not be **thine** heir; but he that shall come forth out of thine own **bowels** shall be thine heir. And he brought him **forth** abroad, and said, Look now **toward heaven**, and tell the **stars**, if thou be able to **number** them: and he said unto him, So shall thy seed be. (Genesis 15:1–5)

WORD SEARCH

```
S O N T O N R A E F A S N T Z
S Q U H E E P B G R O M S K L
E L W I D V F R E W A R D B S
L A L N P A F A Z X A W H U L
D I O E D E X M W T E R C I E
L L L R Q H I G S E M S A T W
I S E Y U H N G G J A M H O O
H Z V I S I O N H M A D T M B
C K A D H R M I A F L J K I H
A G T R C S E D P O O R N N Y
V S J A S T E E H O Y T R E T
S T E W A R D E M E S U O H W
E Y G O A R B C R N U M B E R
E O H T R O F X C H J O V I X
D R O W T M A E L I E Z E R S
```

DANIEL'S BEASTLY VISION
(Daniel 7)

Ancient of Days

Babylon

Bear

Bed

Belshazzar

Daniel

Devour

Diverse

Dominion

Dream

Dreadful

Earth

Eagle's wings

Fiery

Flame

Four heads

Four winds

Great beasts

Heaven

King

Leopard

Lion

Man's heart

Mouth

Night

Son of man

Ten horns

Terrible

Three ribs

Throne

Visions

Wheels

WORD SEARCH

```
E R T E N H O R N S N E V I D
N A O H T U O M I O L W R T E
S O S B R H D O G N U E O F A
D D B T A O G T H O F L E N R
K O N E S B N I C F D B C H D
O I M I L A Y E N M A I E E W
S G N I W S E L G A E R S A S
B I O G N R H B O N R R R V N
I N N B L I U A T N D E E E O
R R E E K O O Z A R T V N I
E D A A I N F N F Z E H I T S
E O R R N D L E O P A R D H I
R T T R A E H S N A M R G O V
H O W Y D E V O U R E M A L F
T M S D A E H R U O F I E R Y
```

ZACHARIAS'S SONG
(Luke 1:67–79)

Abraham	Light
Blessed	Mercy
Covenant	Prepare
Darkness	Prophesied
Dayspring	Prophets
Delivered	Righteousness
Enemies	Redeemed
Fathers	Remission
Guide	Salvation
Holiness	

WORD SEARCH

```
R  A  G  D  S  T  R  A  W  D  R  L  U  C  X
D  A  R  K  N  E  S  S  E  D  Z  A  J  K  F
E  E  D  A  Y  S  P  R  I  N  G  S  P  S  L
L  S  I  C  I  D  F  L  K  C  B  T  S  A  H
I  W  C  S  E  I  M  E  N  E  J  E  C  L  Y
V  E  O  R  E  T  U  P  Q  S  N  H  H  V  C
E  N  V  T  G  H  N  I  S  S  R  P  P  A  R
R  O  E  H  B  G  P  E  U  P  E  O  R  T  E
E  I  N  G  N  L  N  O  M  L  D  R  E  I  M
D  S  A  I  Y  I  E  S  R  O  E  P  P  O  A
Y  S  N  L  L  T  B  S  T  P  E  P  A  N  H
K  I  T  O  H  E  T  S  S  G  M  L  R  Z  A
G  M  H  G  R  G  W  I  P  E  E  E  E  A  R
B  E  I  I  O  N  C  G  U  I  D  E  G  N  B
S  R  E  H  T  A  F  G  W  E  E  O  Y  H  A
```

27

MIRACLE IN ELISHA'S TOMB

And **Elisha died**, and **they buried** him. And the **bands** of the **Moabites** **invaded the land** at the **coming in** of the **year**. And it **came to pass**, as they were **burying a man**, that, **behold**, they **spied** a band of men; and **they cast** the man into the **sepulchre** of Elisha: and when **the man** was **let down**, and **touched** the **bones** of Elisha, he **revived**, and **stood up on his feet**. (2 Kings 13:20–21)

WORD SEARCH

```
N O K D A B R E K V D E L I W
U H N I T H E Y B U R I E D O
O T R T O U C H E D U O D U B
N W S C A M E T O P A S S U N
H P U D O O T S D L T D R B A
I R O S Y M C R Y D D Y A T R
S A I X T E I K E L I S O S E
F E L I S H A N O N S E F A V
E O T E N E B R G O T P D C I
E I H I T A B A L I E U I Y V
T A E H B D M A N T N L T E E
R M L Y O A O E A D R C U H D
E W A F N W O W H L S H R T O
T O N L E Y J M N T H R D E U
S I D M S R I N V A D E D A N
```

28

THE FATHERS OF KING DAVID

(LUKE 3:32–38)

Abraham	Isaac	Obed
Adam	Jacob	Phalec
Aminadab	Jared	Phares
Aram	Jesse	Ragau
Arphaxad	Juda	Sala
Booz	Lamech	Salmon
Cainan	Maleleel	Saruch
Enoch	Mathusala	Sem
Enos	Naasson	Seth
Esrom	Nachor	Thara
Heber	Noe	

WORD SEARCH

```
L R A M I N A D A B T H A R A
I W A H A J S E R A H P U Y E
O S T G F M N M A L E L E E L
Q E A Z A A A L A S U H T A M
S S C A D U N R K S Q C E O S
A R E A C D E R A J E D S K A
B N M R Z S K L V L A N R B R
R S A D U J A A A D Z E O O U
A P O A B G D H A O B E M C C
H D T N S M P X O E N N L A H
A A A F E S A B H Y O O W J N
M O E M M H O J A M F D E E R
U B D N P C Q N L A M E C H V
E E Y R O W B A A C A I N A N
R D A J E S S E S R O H C A N
```

29

LITTLE BUT WISE

There be **four things** which are **little** upon the **earth**, but they are **exceeding wise**: **the ants** are a **people** not **strong**, yet they **prepare their meat** in the **summer**; the **conies** are but a **feeble folk**, yet make they their **houses in the rocks**; the **locusts** have **no king**, yet go they **forth** all of them by **bands**; the **spider taketh hold** with her **hands**, and is in **kings' palaces**. (Proverbs 30:24–28)

WORD SEARCH

```
Y O B E R O E S W P U X E D N
E F T G H Y S P I D E R N T H
A B A N D S S T S U C O L S O
H L E R T B S A E H C I P R U
S U M M E R R T C N H E O L S
W T R I N T H E R O C K S G E
P E I P D E A T L O N M N P S
R Z E V A I X K R M N I N E R
E H H N Q L W C E A H G E M O
P J T K E L A E E T E A N S E
A S V R S W L C R E H Y N O H
R G P T O T N U E I D H W D R
E N O A T F O R L S T I O U S
T I M I E F A G N I K O N L M
N K L O F E L B E E F N Y G D
```

30

LITTLE CHILDREN

Then were there **brought** unto him **little children**, that he should put his **hands** on them, and **pray**: and the **disciples rebuked** them. But **Jesus** said, **Suffer** little children, and **forbid them not**, to **come unto me**: **for of such** is the **kingdom** of **heaven**. And he **laid** his hands on them, and **departed thence**. (Matthew 19:13–15)

WORD SEARCH

```
J  L  T  O  N  M  E  H  T  D  I  B  R  O  F
E  I  S  R  E  B  U  K  T  H  C  T  E  R  O
S  T  N  D  C  J  E  S  U  S  H  J  E  S  R
O  T  B  R  N  F  O  M  R  G  I  B  O  U  N
S  L  D  S  H  A  N  Y  U  O  L  F  N  E  I
W  E  E  K  D  N  H  O  C  K  D  E  V  C  D
P  R  P  I  H  E  R  Y  E  E  R  A  K  H  I
H  A  A  N  T  B  E  D  R  C  E  F  F  U  S
A  L  R  G  F  U  B  D  X  H  N  S  M  U  C
N  T  T  D  H  C  U  S  F  O  R  O  F  L  I
D  N  E  O  K  I  K  I  N  Y  D  F  A  R  P
O  U  D  M  H  T  E  R  E  A  E  T  T  I  L
Q  A  I  C  S  I  D  E  P  R  C  O  M  X  E
H  A  E  C  N  E  H  T  U  P  C  S  I  D  S
C  O  M  E  U  N  T  O  M  E  B  R  O  U  G
```

ISAIAH'S VISION
(ISAIAH 6)

Altar

Convert

<u>Covered his face</u>

Earth

Feet

Fly

Glory

<u>Here am I; send me</u>

Holy

House

Iniquity

Isaiah

Live coal

<u>LORD of hosts</u>

Mouth

Moved

Posts

Purged

Seraphims

<u>Six wings</u>

Smoke

Temple

Throne

Tongs

Touched

Train

<u>Unclean lips</u>

Understand

Undone

Uzziah

Voice

<u>Woe is me</u>

WORD SEARCH

```
I E E D E H C U O T L I A T R
S U C G L O R Y F U A H D H E
A N I A R T T L E W O P E R S
I C O M F I Y O R O C R G O S
A L V O U S A H O E E D R N G
H E O Q H A I A S A V N U E N
E A I R W O E H M S I A P S I
E N I S D T U I D M L T M E W
I L O Z D O S S N E A S C M X
T I P D Z E F E E T R R O S I
O P O M N U V H K R E E N I S
N S S D E U S O O E A D V E U
G O M R H T U O M S R N E O T
S E R A P H I M S P T U R W C
P O S T S R A T L A H S T N A
```

32

GOD'S DESIGN FOR THE PRIESTLY BREASTPIECE
(Exodus 28:15–25)

Agate

Amethyst

Beryl

Blue

Carbuncle

Diamond

Doubled

Emerald

Engravings

Gold

Jasper

Ligure

Onyx

Purple

Sapphire

Sardius

Scarlet

Topaz

Wreathen

WORD SEARCH

```
B Y D D T H O D E V A F H N W
L E L P R U P G E Q U I I U S
C N O H R S T L N L O J Y D T
K G G Y U C A M E T H Y S T N
J R Z O H D C R M H U M O I H
Q A B L A T I A H I D H Z O C
N V G R D H A A R N R A H I K
E I T E P S G T M B P R S T D
H N S P S M A E E O U X Y N O
T G A S A O T W T S N N E L U
A S C A R L E T B M W D C N B
E B K J D J X A N K S E T L L
R A R L I G U R E M A A U D E
W I T R U A T E E M E R A L D
E N Y U S G B A Q V L Y R E B
```

33

A WOMAN NAMED VASHTI

On the **seventh** day, when the heart of the king was **merry** with **wine**, he commanded **Mehuman, Biztha, Harbona, Bigtha,** and **Abagtha, Zethar,** and **Carcas**, the seven chamberlains that served in the presence of **Ahasuerus** the king, to bring **Vashti** the **queen** before the king with the <u>crown royal</u>, to shew the people and the **princes** her **beauty**: for she was **fair** to look on. But the queen Vashti **refused** to come at the king's **commandment** by his **chamberlains**: therefore was the king very **wroth**, and his **anger** burned in him. . . . And **Memucan** answered before the **king** and the princes. . . If it **please** the king, let there go a royal commandment from him, and let it be **written** among the **laws** of the **Persians** and the **Medes**, that it be not **altered**, That Vashti come no more before king Ahasuerus; and let the king give her royal **estate** unto another that is **better** than she. (Esther 1:10–12, 16, 19)

WORD SEARCH

```
F A B A G T H A H T G I B R K
B A N A C U M E M C A R C A S
E Q I G F B I Z T H A M P H E
T S U R E U S A H A O Y R T V
T O T E L R Y O E M S T I E E
E T H A E W T S W B N U N Z N
R U F L T N M R S E T A C A T
V H A T W E I Y M R P E E S H
A W A E R T S D N L N B S N M
S R U R T E N R E A K L R A E
H L Y E B A Y A T I M R E I D
T T N D M O S E N N P U T S E
I U O M U E N G A S I A H R S
N L O R G I U A R E F U S E D
E C R O W N R O Y A L E W P M
```

34

DISGUISES AND THOSE WHO USED THEM

Ambassadors

<u>Angel of light</u>

<u>Blind man</u>

<u>Burning bush</u>

David

Esau

God

Harlot

Jacob

<u>Jeroboam's wife</u>

Josiah

Leah

Lightning

<u>Pillow of hair</u>

<u>Prophet unto Ahab</u>

Rachel

Satan

Saul

Serpent

Soldier

Tamar

<u>The Gibeonites</u>

<u>Thick cloud</u>

Thunder

Whirlwind

WORD SEARCH

```
P O V A N G E L O F L I G H T
S R O D A S S A B M A L E A H
B S O L D I E R O K K H A V E
U G N P E Z L M J O S I A H G
R R I A H F O W O L L I P B I
N A D B W E C T U R O Q L T B
I C A O H D T A N N T I S A E
N H V C I A S U A E N A S M O
G E I A R E R T N D P D M A N
B L D J L M A L M T O R M R I
U E F I W S M A O B O R E J T
S A U L I O N B F T B A R S E
H S C G N I N T H G I L H K S
L G I N D T H U N D E R C A J
N T H I C K C L O U D F W B B
```

35

THE WIDOW'S MITES

And **Jesus** sat over against the **treasury**, and beheld how the **people** cast **money** into the treasury: and many that **were rich cast in much**. And **there came** a **certain poor widow**, and she **threw** in **two mites**, which make a **farthing**. And he **called** unto him his **disciples**, and saith unto them, **Verily I say unto you**, That this poor widow hath cast **more in**, than all they which have cast into the treasury: For all they did cast in of their **abundance**; but she **of her want** did cast in **all that she had**, even all her **living**. (Mark 12:41–44)

WORD SEARCH

```
P  S  W  E  R  H  T  F  Y  H  E  S  T  D  F
Y  D  I  S  C  I  P  L  E  S  W  H  N  A  I
I  L  D  S  O  T  U  C  T  R  U  N  R  B  U
P  U  O  F  H  E  R  W  A  N  T  T  L  U  R
L  O  W  I  S  C  I  E  N  L  H  G  E  N  F
M  Y  O  L  H  L  U  U  A  I  L  M  S  D  O
T  O  E  R  R  C  Y  M  N  S  A  E  A  A  U
E  T  R  P  J  E  I  G  N  C  U  T  D  N  E
A  N  S  E  N  E  A  R  E  I  D  R  R  C  Y
W  U  E  O  I  B  S  R  E  H  T  V  Y  E  I
S  Y  M  P  S  N  E  U  S  R  O  S  T  O  C
I  A  L  L  T  H  A  T  S  H  E  H  A  D  P
E  S  T  E  T  S  E  T  I  M  O  W  T  C  R
L  I  V  I  N  G  M  L  O  T  E  N  U  E  W
R  T  A  H  T  V  E  R  I  L  Y  A  L  S  T
```

36

TRIBES AND JUDGES OF ISRAEL

Tribes:	Judges:
Asher	Abdon
Benjamin	Deborah
Dan	Ehud
Gad	Elon
Issachar	Gideon
Joseph	Ibzan
Judah	Jair
Levi	Jephthah
Naphtali	Othniel
Reuben	Samson
Simeon	Shamgar
Zebulun	Tola

WORD SEARCH

```
S  N  I  M  A  J  N  E  B  G  V  M  Z  B  I
A  H  A  D  U  J  L  I  N  X  I  R  I  A  J
M  N  X  O  S  E  E  U  S  C  W  D  U  H  O
J  A  I  P  I  W  L  P  T  S  H  A  E  N  S
A  P  Q  N  M  U  D  N  H  E  A  E  L  O  P
M  H  H  L  B  S  A  L  O  T  I  C  S  L  N
W  T  K  E  O  Z  K  B  C  W  H  O  H  E  T
O  A  Z  D  B  E  H  U  D  S  I  A  R  A  K
Y  L  W  I  E  L  O  A  R  O  Y  P  H  J  R
S  I  R  V  F  B  G  M  W  T  N  A  P  S  N
H  I  Q  E  S  H  A  M  G  A  R  C  E  O  T
A  X  M  L  U  D  C  A  H  O  F  G  S  B  A
A  S  H  E  R  B  S  G  B  U  W  M  O  L  D
M  K  B  T  O  S  E  E  O  I  A  Q  J  I  I
P  N  A  D  I  N  D  N  A  S  V  E  L  T  G
```

37

CREATION OF WOMAN

And the **LORD God** caused a **<u>deep sleep</u>** to **fall** upon **Adam**, and he **slept**: and he took **one** of his **ribs**, and **closed** up the **flesh** instead thereof; and the rib, which the LORD God had taken from **man**, made he a **woman**, and **brought** her unto the man. And Adam said, This is now bone of my **bones**, and flesh of my flesh: she shall be called Woman, because she was taken out of Man. Therefore shall a man **leave** his **father** and his **mother**, and shall **cleave** unto his **wife**: and they shall be one flesh. (Genesis 2:21–24)

WORD SEARCH

```
L O R T D E E F I W H M O W Q
S L E H H U O R B R A S D O G
O W I G V A E L E O D W E L C
W N A U F L E H O N O A E L F
M A E O F A T F L M O T C A F
A M O R D A O L A A E L T B A
D W I B F D E N S L E H A R R
A H E S O L C D M A A D A O E
M W O M K L R E V A T S L U H
L E A V E O R E B I R P S G T
F A L P L P E E L S P E E D O
S L E E J H W T R O F O M L M
S E N O B S L E I R A J W D S
C L E E F I W P B O L R I N O
F V A E L F A T S C L O S E D
```

38

THIRD HEAVEN
(2 Corinthians 12:1–6)

Above	Glory	Paul
Body	God	Revelations
<u>Caught up</u>	Heard	Seeth
Christ	Heareth	<u>Third heaven</u>
Come	Infirmities	Truth
Desire	Knoweth	Unspeakable
Doubtless	Lawful	Utter
Expedient	Man	Visions
Fool	Mine	Words
Forbear	Myself	
<u>Fourteen years</u>	Paradise	

WORD SEARCH

```
E M Y S E L F V M P S A R E H
X S E I T I M R I F N I L T E
P A R A D I S E N S O E U N A
E D C A D H T E E S I R A S R
D O A C E X E M V I T O P E E
I U U H S Y O A E N A V N C T
E B G R I C N Y R O L G Y S H
N T H I R D H E A V E N O R I
T L T S E T T C E A V A X D B
A E U T E T F W B T E M E U B
F S P W U F O O R O R P C Q L
T S O I N R V U O Q D U N C E
I N S M D E C H F L X Y O T R
K U N S P E A K A B L E L F S
G L U F W A L F H E A R D U T
```

39

AARON'S BELLS

And thou shalt make the **robe** of the **ephod** all of **blue**. And there shall be an **hole** in the top of it, in the midst thereof: it shall have a **binding** of **woven** work round about the hole of it, as it were the hole of an **habergeon**, that it be not rent. And beneath upon the hem of it thou shalt make **pomegranates** of blue, and of **purple**, and of **scarlet**, round about the hem thereof; and **bells of gold between** them round about. . . . And it shall be upon **Aaron** to **minister**: and **his sound** shall be heard when he goeth in unto the **holy place** before the Lord, and when he cometh out, that he **die** not. And thou shalt make a **plate** of pure gold, and grave upon it, like the **engravings** of a **signet**, Holiness to the Lord. And thou shalt put it on a blue **lace**, that it may be upon the **mitre**; upon the forefront of the mitre it shall be. (Exodus 28:31–33, 35–37)

WORD SEARCH

```
A P C O N A L D N U O S S I H
S U O R L L E V E L O H I C D
S R O M H A B E R G E O N D O
E P K E E C H G E Y G L P E H
N L D B K G T N T B A Y H M P
I E O G E T R I S E R P T M E
L E N T N R E A I P S L E U I
O D A R G E T P N E A A L W D
H L T O R Q U I I A P C R N R
P L E B A E I D M N T E A O O
V I N E V O W N O L B E C A L
E D H E I I Z T E N G I S A Y
U N R A N E E W T E B S M R J
L T I G G N I D N I B T A O E
B E L L S O F G O L D R W N A
```

40

DRAGON TALES

<u>Angels fought</u>

Beast

Bound

<u>Cast out</u>

Crooked

Den

Desolation

Devil

Devour

Dragon

Leviathan

Michael

Piercing

Poison

Punish

Red

Rivers

Satan

Serpent

<u>Seven heads</u>

Slay

Snuffed

Swallowed

Tail

<u>Ten horns</u>

Trample

<u>War in heaven</u>

Waste

Waters

Wilderness

Wonder

Wounded

WORD SEARCH

```
N O G O N O I T A L O S E D W
B A S W I L D E R N E S S H A
E T H O N R E D E V I L L O T
A N A T A S S R E T A W I A C
S E L N A P U N I S H O A T Y
T P A Y G I H H T R D M T F S
G R A D N E V A E H N I R A W
S E E E A R L E D N U C A S A
R S T D R C E S L E O H M N L
E D S N E I A N F K B A P R L
V E A U R N O S I O P E L O O
I V W O M G A K T R U L E H W
R O S W A R E D N O W G Y N E
W U C R O O K E D O U V H E D
O R D E F F U N S H A T E T A
```

41

HOW TO PRAY FOR OTHERS

For this **cause** we also, since <u>**the day**</u> we **heard** it, <u>**do not cease**</u> to <u>**pray for you**</u>, and to desire that ye might be **filled** with the **knowledge** of his **will** in all **wisdom** and spiritual **understanding**; that ye might <u>**walk worthy**</u> of the **Lord** unto all **pleasing**, being **fruitful** in every <u>**good work**</u>, and increasing in the knowledge of God; **strengthened** with all **might**, according to his **glorious power**, unto all patience and **longsuffering** with **joyfulness**; giving **thanks** unto the **Father**, which hath **made** us meet to be **partakers** of the **inheritance** of the **saints** in **light**. (Colossians 1:9–12)

WORD SEARCH

```
K T H G I L U F T I U R F J W
I N H E R I T A N C E H L A I
D R Y E E S A E C T O N O D S
E G N I D N A T H G I M N U D
N L P L E A S I N G K P G D O
E O D R O L Y M N R I O S E M
H R U J A L C H A T O W U L S
T I R B L Y M A I D S E F L R
G O T I O H F D W M E R F I E
N U W A L K W O R T H Y E F K
E S U A C T R D R A E H R A A
R T H A N K S S L Y A E I T T
T K N O W L E D G E O T N H R
S S E N L U F Y O J W U G E A
U N D E R S T A N D I N G R P
```

42

WHO WROTE THE BIBLE?

Agur (Proverbs 30)

Asaph (Psalms 50, 73–83)

David (Psalms)

Ethan (Psalm 89)

Heman (Psalm 88)

Isaiah (Isaiah)

James (James)

Jeremiah (1 and 2 Kings, Jeremiah, Lamentations)

John (John 1, 2, and 3 John, Revelation)

John Mark (Mark)

Joshua (Joshua)

Jude (Jude)

Lemuel (Proverbs 31)

Luke (Luke, Acts)

Matthew (Matthew)

Moses (Genesis, Exodus, Leviticus, Numbers, Deuteronomy)

Nehemiah (Ezra, Nehemiah)

Paul (Romans, 1–2 Corinthians, Galatians, Ephesians, Philippians, 1–2 Thessalonians, 1–2 Timothy, Titus, Philemon)

Peter (1 and 2 Peter)

Solomon (Psalms 72 and 127, Proverbs 1–29, Ecclesiastes, Song of Solomon)

Sons of Korah (Psalms 42, 44–49, 84–85, 87)

WORD SEARCH

```
P Q N O M O L O S A M E L N D
E L W E N X D H K G H I H P S
T P E A H I S R E A C O B R Y
E U H M V E A N R M J F T O K
R T O A U M M O V E A U S P C
E T D S N E K I S X R N D H E
L T E H H F L D A G I S X E K
E G O T O M A T T H E W U T U
U J M S E O B X A R F A O S L
M Y N R P R W I J S H E G U D
A O J Z S D M K S Q A D A U N
S D A E F E S E M A J P F V R
K I S O R C G H R C I X H Q S
B O X E L A V Z T P E A I B Y
M C J N Y I E D N J O S H U A
```

43

CHOOSING OF THE SEVEN

Then the **twelve** called the **multitude** of the **disciples** unto them, and said, It is not reason that we should leave the **word of God**, and serve tables. Wherefore, **brethren**, look ye out among you **seven men** of **honest report**, full of the **Holy Ghost** and **wisdom**, whom we may **appoint** over this **business**. But we will give ourselves **continually** to **prayer**, and to the ministry of the word. And the saying **pleased** the whole multitude: and they chose Stephen, a man full of faith and of the Holy Ghost, and **Philip**, and **Prochorus**, and **Nicanor**, and **Timon**, and Parmenas, and **Nicolas** a proselyte of Antioch: Whom they set before the **apostles**: and when they had prayed, they **laid** their **hands** on them. And the word of God increased; and the number of the disciples multiplied in Jerusalem greatly; and a great **company** of the **priests** were **obedient** to the **faith**. (Acts 6:2–7)

WORD SEARCH

```
W  I  S  D  O  M  E  D  U  T  I  T  L  U  M
O  P  R  O  C  H  O  R  U  S  A  R  P  I  A
R  X  C  O  N  T  I  N  U  A  L  L  Y  T  P
D  E  S  A  E  L  P  R  E  Y  A  R  P  B  O
O  G  S  L  T  U  R  N  R  E  E  U  R  S
F  N  A  I  P  O  M  O  S  A  R  P  Y  E  T
G  E  L  H  W  U  N  M  S  P  F  O  L  T  L
O  M  O  O  I  A  Q  I  E  M  A  P  T  H  E
D  N  C  N  C  P  U  T  N  O  I  I  N  R  S
E  E  I  I  E  P  R  A  I  C  T  C  E  E  T
D  V  N  N  C  O  M  P  S  R  H  A  I  N  S
I  E  L  C  P  I  X  I  U  H  A  N  D  S  E
A  S  T  E  O  N  D  A  B  P  R  O  E  Y  I
L  I  R  P  W  T  P  H  I  L  I  P  B  U  R
H  O  N  E  S  T  S  O  H  G  Y  L  O  H  P
```

44

CROPS OF THE BIBLE

Anise

Apples

Barley

Beans

Corn

Cummin

Cucumbers

Figs

Flax

Garlick

Grain

Grapes

Herbs

Leeks

Lentiles

Melons

Mint

Mustard

Olives

Onions

Pomegranates

Rie

Wheat

WORD SEARCH

```
S T L E L S I D R A T S U M A
M B A R L E Y H E Y W R S S N
A E T I V G E S M L I E O U E
H A L E A L H K O D T B L A C
M N S O L I V E S A E M I N T
T S V E N L T S N U O U W I N
E G I N E S Q A O R S C Y S G
S M A L Y I R E F N E U O E I
A C O H E G G A R L I C K R T
E X U I E N B E N S A O L A N
I R E M C R T L F I H X N U A
S A O E M E B I G R A P E S D
E P H R E I G S L S L R O T I
K E Z A V S N R P E L T G A S
T A E H W A P P L E S H T U F
```

45

THE RICH YOUNG RULER

And, **behold**, one came and said unto him, Good **Master**, what good thing shall I do, that I may have **eternal life**? And he said unto him, Why **callest** thou me **good**? there is none good but one, that is, God: but if thou wilt enter into life, keep the **commandments**. He saith unto him, **Which**? **Jesus** said, Thou shalt do no **murder**, Thou shalt not **commit adultery**, Thou shalt not **steal**, Thou shalt not bear **false witness**, **honour** thy **father** and thy **mother**: and, Thou shalt love thy **neighbour** as thyself. The **young** man saith unto him, All these things have I kept from my **youth** up: what **lack** I yet? Jesus said unto him, If thou wilt be **perfect**, go and **sell** that thou hast, and give to the **poor**, and thou shalt have **treasure** in **heaven**: and come and **follow me**. (Matthew 19:16–21)

WORD SEARCH

```
A H N E R R U O B H G I E N J
N W O Y E T E R N A L L I F E
K H U R D Y O U T H E A W I O
C I T E R L L E S R R S P R S
L C D T U N J R U C E U U T S
B H E L M J L S W G S S N Q E
E G N U O Y A L X O T E H U N
M A B D D E C Y O O M J O M T
W M E A R M K N A D A F N O I
O N H T P O O R N R S A O T W
L E O I E V T A L A T T U H E
L V L M C G M S A M E H R E S
O A D M H M T C E F R E P R L
F E S O O M A S T D P R M O A
W H L C A L L E S T H R Y U F
```

46

UNISEX NAMES OF THE BIBLE

Abiah (2 men, 1 woman)

Abihail (3 men, 2 women)

Abijah (5 men, 1 woman)

Ahlai (1 man, 1 woman)

Aholibamah (1 man, 1 woman)

Anah (2 men, 1 woman)

Athaliah (2 men, 1 woman)

Ephah (2 men, 1 woman)

Gomer (1 man, 1 woman)

Hushim (2 men, 1 woman)

Joanna (1 man, 1 woman)

Maacah (1 man, 1 woman)

Maachah (4 man, 6 women)

Michaiah (4 men, 1 woman)

Noadiah (1 man, 1 woman)

Noah (1 man, 1 woman)

Puah (2 men, 1 woman)

Shelomith (5 men, 2 women)

Timna (1 man, 2 women)

WORD SEARCH

```
N E O A N I L A B I J A H T A
G S N L E O E M S D E L I R M
A W D E M A A C H A H N S T I
O B L M E S T H E U R O V E C
W P I T H A H O L I B A M A H
R O A A O W A W O A T D F S A
S E H M H T L M M L R I E R I
I P I R A S I E I R H A U T A
E A B D K D A E T E S H R O H
D S A F T H H L H I P E F E T
J O A N N A H I T Y M B R P A
A R N H N C L U A O E N I H R
L O F A L A O D G C I H A T E
K X A C S A C M I H S U H R I
A I L S E M I V I Y P A J H S
```

47

HAVE NO FEAR!

God is **our refuge** and **strength**, a very **present help** in **trouble. Therefore** will not we **fear**, though the **earth** be **removed**, and though the **mountains** be **carried** into the **midst** of the **sea**; though the **waters** thereof **roar** and **be troubled**, though the mountains **shake** with the **swelling** thereof. **Selah.** (Psalm 46:1–3)

WORD SEARCH

```
Z W S L K A H F D E V O M E R
M P M O U N T A I N S Z O B W
I E S U T P G L K S G F O A T
D B B A L F N W C R A O R G S
S G N I L L E W S P E U D X P
T C W L B C R F U L L R U F E
K A P L E H T N E S E R P C R
X R P K T A S G Z A C E T B O
S R E G R E X O W K R F A S F
Z I B C O A E S H A J U K U E
U E W P U R U T F A T G C Z R
S D C S B T R O U B L E U G E
E O K D L H D D F P A E R D H
A E L A E K A H S O K W S S T
T U K F D D G X U B L C T P D
```

48

ELIJAH'S RETURN
(Mark 9:3; Luke 1:17)

Children

Disobedient

Earth

Elias

Fathers

Fuller

Hearts

Just

Lord

Make ready

People

Power

Prepared

Raiment

Shimmering

Spirit

Turn

White as snow

Wisdom

WORD SEARCH

```
D  I  S  O  T  B  E  D  S  R  E  H  T  A  F
S  F  P  M  U  M  A  K  E  R  E  A  D  Y  C
H  U  I  A  R  O  N  E  S  R  D  L  I  H  C
I  L  R  S  N  D  G  R  U  T  U  T  I  X  P
M  L  T  I  H  S  W  H  I  T  R  L  S  P  E
M  E  N  C  H  I  L  D  R  E  N  A  P  O  O
T  R  E  I  H  W  M  Z  A  L  I  B  E  W  P
N  A  I  S  R  A  I  M  I  L  E  L  I  H  L
E  I  D  H  H  T  R  A  E  O  H  L  I  L  E
M  D  E  R  A  P  E  R  P  R  E  W  O  P  K
I  E  B  H  T  A  F  A  O  F  I  W  E  R  W
A  T  O  J  U  S  J  U  W  H  O  N  E  H  D
R  U  S  R  A  I  U  O  D  S  I  W  G  A  O
H  R  I  W  O  N  S  S  A  E  T  I  H  W  W
W  A  D  E  L  I  T  A  S  S  P  I  R  I  T
```

49

THE END OF THE OLD TESTAMENT

Remember ye the <u>**law of Moses**</u> my **servant**, which I **commanded** unto him in **Horeb** for all **Israel**, with the **statutes** and **judgments. Behold, <u>I will send</u>** you **Elijah** the **prophet** before the **coming** of the **great** and **dreadful <u>day of the L**ORD</u>: And he **shall turn** the **heart** of the **fathers** to the **children**, and the heart of the children to their fathers, <u>**lest I come**</u> and **smite** the **earth** with a **curse**. (Malachi 4:4–6)

WORD SEARCH

```
S E T V I S D R E A D F U L N
L D Y A S T N E M G D U J E U
A I F U E E A M O E N R B H F
L S W A T R L E C O S L A O H
L T E I T E G M I L U J M R T
A A M H L T A B T S I T L E A
H S W T S L O E S L R L A B S
S T S O I C S R E E S A T I E
D A Y O F T H E L O R D E S T
L U E T S M Y I N C S V R L U
O N P T R E O H L D O U A D T
H I G E R R W S O D C M O N A
E C O M M A N D E D R W I U T
B R F A T H E R S S S R E S N
O Y U P R O P H E T U R N W G
```

50

CHURCHES OF PETER'S LETTERS

Antioch	Myra
Attalia	Patara
Colosse	Perga
Derbe	Pergamos
Ephesus	Philadelphia
Hierapolis	Sardis
Iconium	Smyrna
Laodicea	Thyatira
Lystra	Troas
Miletus	

WORD SEARCH

```
A N T H Y A T I R A T T A L P
N N P P H M I C A R T S Y L A
T H T E S A R O R A T A P Y T
I I R R R T R N E G A M A S A
O E O G H G M I L B N I Y T R
T R O A S A A U S A R L O R A
E A H I E R Y M A G N E S K A
P P A A C O L O O Y H T D C T
H O N E E A N R Y S W U G O T
E L R L O C E P H E S S A N A
S I Y A N T I O C H I E T I L
U S M L A O D D B R E D T X I
S T S P A T A C O L O S S E A
I C A I H P L E D A L I H P A
I W S I D R A S M Y L D R A S
```

51

THE TEN VIRGINS

But the **wise <u>took oil</u>** in their **vessels** with their **lamps**. While the **bridegroom tarried**, they all **slumbered** and **slept**. And at **midnight** there was a <u>**cry made**</u>, Behold, the bridegroom **cometh**; <u>**go ye out**</u> to <u>**meet him**</u>. Then all those **virgins** arose, and **trimmed** their lamps. And the **foolish** said unto the wise, <u>**Give us**</u> of your oil; for our lamps are <u>**gone out**</u>. But the wise **answered**, saying, Not so; lest there be not **enough** for us and you: but go ye rather to them that <u>**sell, and buy**</u> for **yourselves**. And while they **went** to buy, the bridegroom came; and they that were **ready** went in with him to the **marriage**: and the **door** was **shut**. (Matthew 25:4–10)

WORD SEARCH

```
W U L I V Y D E R E B M U L S
A X S A D S B C O M E T H P U
C K U A M M O O R G E D I R B
Y P E R L P T G O Y E O U T T
O R V V M U S W U Q M F D K G
U A I E H I E B E Z U A L S O
R N G S P V D X O N D I D Q N
S S H S D N I N K E T P Z E E
E W S E A O L R I C M E M G O
L E I L N I O R G G S I V A U
V R L S O O R R J I H G F I T
E E O K E A U P W T N T O R P
S D O U T O H G E H F S T R E
J O F R S D F E H L X D Y A L
T V I C D E M M I R T O W S M S
```

THE DEFEAT OF OG—A GIANT OF A KING
(Deuteronomy 3:1–13)

Aroer	Gilead	People
Battle	God	Possessed
Bedstead	Hand	<u>Region of Argob</u>
Breadth	Iron	Remained
Cities	Kingdom	Remnant
Cubits	<u>Land of the giants</u>	<u>River Arnon</u>
Deliver	Length	<u>Smote him</u>
Destroyed	Lord	Threescore
Edrei	Mount	Time
<u>Fear him not</u>	Nine	Turned
Fenced	<u>Og king of Bashan</u>	

WORD SEARCH

```
L E N G T H E F E N C E D N T
O A B O G I L E A D R D A P H
R D N O N S M I T E E H E O R
D R K D G R E E M Y S O T S E
I E R E O R A N O A P G S S E
F K N O D F A R B L K I D E S
E I D E H N T F E R I A E S C
A N O A T S O H O V E N B S O
R G N N E G M D E N I A M E R
H D U D N I C O E G O R D D E
I O N I E N I U T L I I O T S
M M K E L T T A B E I A G N H
N G I K E N I N O I H V N E Y
O N L R X D E N R U T I E T R
T I M O U T S T O O L S M R S
```

JEREMIAH'S "CERAMICS CLASS"

The word which came to **Jeremiah** from the **LORD**, saying, **Arise**, and go down to the **<u>potter's house</u>**, and there I will **cause** thee to **hear** my words. Then I went down to the potter's house, and, behold, he **wrought** a **work** on the **wheels**. And the **vessel** that he **<u>made of clay</u>** was **marred** in the hand of the potter: so he made it again another vessel, as **seemed good** to the potter to make it. Then the **word** of the LORD came to me, saying, O **<u>house of Israel</u>**, cannot I do with you as this potter? **saith** the LORD. **Behold**, as the clay is in the potter's hand, so are ye **<u>in mine hand</u>**, O house of Israel. At what **instant** I shall **speak** concerning a **nation**, and concerning a **kingdom**, to **pluck up**, and to **<u>pull down</u>**, and to **destroy** it; if that nation, against whom I have **pronounced, turn** from their evil, **<u>I will repent</u>** of the **evil** that I **thought** to do unto them. (Jeremiah 18:1–8)

WORD SEARCH

```
P N E L E S S E V I S I W N G
G O O P U K C U L P C L A S R
D R T I D N A H E N I M N I A
D R W T T O N S A H E A R W D
Y E R N E A I D R I S R T I U
A A O W C R N L S A M R Y L A
L L U O A K S O I Z K E O L T
C A G D U I T H F V A D R R I
F T H L S N A E O T E E T E O
O H T L E G N B E U P M S P J
E O M U R D T W S R S E E E H
D W E P R O N O U N C E D N T
A O O E M E R O T O S U T I I
M R O R N I K T H G U O H T A
O K X G D T H E T W H E E L S
```

54

THINGS IN (OR FROM) THE SKY

Angel

Arrows

Birds

Clouds

Constellations

Hailstones

Heaven

Jesus

Lightning

Moon

New Jerusalem

Orion

Pillar of fire

Pleiades

Rain

Smoke

Snow

Sparks

The Spirit

Stars

Sun

Tower

Wind

WORD SEARCH

```
S H U W K M A R O L Y W O N S
M H O B J R E T S R N C L A S
C O N S T E L L A T I O N S F
A N O E R T S I G R A O E N I
I P L N W S I U G T R R N O D
R L T R S J O R S H I O S F E
N E V A E H E B I F T L W V R
O I W I N D A R F P Y N U S M
R A U O O C L O U D S O I H E
T D I N T G R S L S O E A N P
Y E O F S A D R P I A S H S G
N S T L L R N E D A S L E T H
D E R L I S O G I T R N E L O
O B I B A G P N E H E K O M S
H P G L H J E A K L R C S T E
```

55

BEFORE ANGELS

He that **overcometh**, the **same shall** be **clothed** in **white raiment**; and I **will not** blot **out** his **name** out of the **book** of **life**, but I will **confess his** name **before** my **Father**, and before his **angels**. (Revelation 3:5)

WORD SEARCH

```
O  V  E  R  H  T  E  M  O  W  C  R  E  V  O
V  I  T  C  O  N  F  E  H  S  S  G  N  V  A
E  F  R  U  R  W  H  I  P  O  L  B  E  A  R
R  A  I  M  O  E  T  J  N  T  Y  R  A  R  A
C  D  G  N  A  E  R  M  O  T  C  A  N  E  I
O  E  A  M  N  M  E  A  T  O  A  N  G  H  M
M  H  A  S  G  A  A  S  M  L  A  H  S  T  E
B  T  B  E  E  S  F  E  O  B  R  E  T  A  N
E  O  L  B  L  H  T  N  S  E  H  T  A  F  T
T  L  O  H  S  H  N  A  S  F  W  H  I  T  K
H  C  A  K  C  O  N  F  E  O  N  A  M  E  L
I  W  H  I  R  T  E  R  F  R  A  I  M  I  T
A  S  I  H  B  E  F  O  N  E  F  N  F  O  C
R  A  I  W  I  L  L  N  O  T  R  E  M  A  N
L  L  A  H  S  O  L  B  C  E  H  T  O  L  C
```

DORCAS'S DELAYED DEMISE
(Acts 9:36–42)

Alive	Joppa	Presented
Almsdeeds	Kneeled	Saints
Arise	Laid	Shewing
Called	Lifted	Sick
Coats	Lydda	Stood
Desiring	Made	Tabitha
Died	<u>Many believed</u>	<u>Upper chamber</u>
Disciple	<u>Not delay</u>	Washed
Dorcas	Opened	Widows
Garments	Peter	Woman
<u>Good works</u>	Prayed	

```
G A R M E N T S S C S E K J O
N C D O N S T N I A S G N O P
I K L E R A B L C A L L E D R
W R Y I T I E R H L A D E I D
E E D A M F O T K I R E L A I
H B D V E D I T C V M N E L S
S M A N Y B E L I E V E D G C
D A S T A O C R S A P P O J I
E H D T L R A M W I D O W S P
E C P R E S E N T E D P N R L
D R R T D E H S A W K A A X E
S E E C T N A M O W C Y N V W
M P R A O T A R I S E Q R T E
L P U S N I K U M D O O T S Y
A U P E A S G N I R I S E D N
```

57

THE IMPORTANCE OF WORDS

O **generation** of **vipers**, how can ye, **<u>being evil</u>**, speak good **things**? for out of the **abundance** of the **heart** the **mouth speaketh**. A **<u>good man</u>** out of the good **treasure** of the heart **bringeth** forth good things: and an **<u>evil man</u>** out of the evil treasure bringeth **forth** evil things. **<u>But I say unto you</u>**, That **every <u>idle word</u>** that **<u>men shall speak</u>**, they shall **<u>give account</u> thereof** in the **<u>day of judgment</u>**. For **<u>by thy words</u>** thou **shalt** be **justified**, and by thy words thou shalt be **condemned**. (Matthew 12:34–37)

WORD SEARCH

```
C G B Y T H Y W O R D S Y W I
O E I E K S B H T R O F M U B
N N D V A P L R U I O K O L E
D E L I E J T I E R Y U N I
E R E L P A B U R N O U T Q N
M A W M S K C E S T G S H I G
N T O A L E H C N T H E V F E
E I R N L T N U O A I I T C V
D O D C A H Y A L U P F N H I
A N T I H A L T M E N A I G L
T R E A S U R E R D D T K E S
S Q N I N E G S M N O Z S P D
J O T N E M G D U J F O Y A D
V U C S M R E B R L Y A G L N
B E A N H E A R T U Y R E V E
```

58

SCHEMING WOMEN

Athaliah

Cozbi

Delilah

Esther

Harlot mother (1 Kings 3:16–28)

Herodias

Jael

Jezebel

Jochebed

Leah

Potiphar's wife (Genesis 39:1–19)

Rachel

Rahab

Rebekah

Sapphira

Sarah

Tamar

Woman of Tekoah

WORD SEARCH

```
N C O W A J P V I O G D R N A
G D J O C H E B E D P U E T V
R F Z M B P Z E C X H S H F L
A L V A L O B A G L T A T H B
H J D N C H U A L H L Z O E F
A N G O F Y Z J E I A R M R D
B H E F I W S R A H P I T O P
E A H T C P F H H E J B O D Z
W L P E Z L L H R P L R L I N
B I L K R A M A T C F E R A E
G L C O U D J R P L B B A S A
C E H A E E W A P E M E H E B
A D J H A L G S Z D Y K C W N
O Z Z R A C H E L V O A L F F
G X B U S S J S A P P H I R A
```

59

THE EARLY CHURCH

And they **continued stedfastly** in the apostles' **doctrine** and **fellowship**, and in **breaking** of **bread**, and in **prayers**. And fear came upon every **soul**: and many **wonders** and **signs** were done by the **apostles**. And all that believed were together, and had all things **common**; And sold their **possessions** and **goods**, and parted them to all men, as every man had need. And they, continuing **daily** with one accord in the **temple**, and breaking bread from **house** to house, did eat their **meat** with **gladness** and **singleness** of heart, Praising God, and having favour with all the people. And the Lord **added** to the **church** daily such as should be **saved**. (Acts 2:42–47)

WORD SEARCH

```
P  L  I  O  H  G  F  G  N  I  K  A  E  R  B
A  P  O  S  T  L  E  S  T  H  U  H  B  W  U
A  S  Y  L  T  S  A  F  D  E  T  S  B  G  P
S  N  U  B  E  O  U  Q  W  H  N  I  I  L  K
N  G  A  W  M  U  C  B  O  O  U  N  G  U  C
M  I  L  O  P  L  I  P  I  U  T  G  O  M  M
H  S  H  N  L  B  L  S  R  S  S  L  O  N  E
E  R  E  D  E  R  S  S  S  E  D  E  D  D  A
W  E  L  E  O  E  B  E  T  E  J  N  S  O  T
H  Y  J  R  S  A  A  N  L  N  O  E  H  C  B
C  A  Y  S  K  D  E  D  E  V  A  S  K  T  Y
R  R  O  H  C  G  X  A  K  X  E  S  R  R  L
U  P  I  H  S  W  O  L  L  E  F  M  I  I  I
H  W  E  G  E  S  N  G  R  B  A  G  N  N  A
C  N  O  M  M  O  C  O  N  T  I  N  U  E  D
```

60

SAMSON'S RIDDLE GONE WRONG
(JUDGES 14:7–20)

Anger

Ashkelon

Bees

Carcase

Companions

Eater

Eating

Expound

Father

Feast

Friend

Hands

Heifer

Honey

Kindled

Lion

Meat

Mother

Plowed

Riddle

Samson

<u>Seven days</u>

Spirit

Strong

Swarm

Sweetness

<u>Thirty sheets</u>

Wept

Wife

Woman

<u>Young men</u>

WORD SEARCH

```
B E S H S Y A D N E V E S Q P
E E R A S D G H N S P I R I T
N S G H E N N O G A Y G N R E
H T N S N O I N A P M O C T L
E M O D T L T E N O W O L N D
I D R N E E A Y G P L O W E D
F N T A E K E X E M A X O M I
E E S H W H B H M T P E W G R
R I E T S S E E S A M S O N A
E R E H T A F A S Y O A R U N
G F B O T U Q M E A T C E O S
N S E E R P Z L M T H R F Y W
A G R A D N U O P X E A I N O
Z A E E S B Q U R I R C W H U
E R W O P T N D E L D N I K T
```

61

MOSES AND THE BURNING BUSH
(Exodus 3)

Affliction

Amorites

Canaanites

Deliver

Elders

Egyptians

Favour

Flame of fire

Here am I

Hid

Hittites

Hivites

Holy ground

Horeb

I Am

Jebusites

Memorial

Milk and honey

Mountain

Oppression

Sorrows

WORD SEARCH

```
A F S W O R R O S U B E R O H
F M L N O I T C I L F F A P I
F I C A M O U N T A I N E P T
L L A C M S E T I R O M A R T
I K N X S E T I S U B E J E I
M A A R A T O P P O D M E S T
A N A M E I O F R U N D A S E
E D N D G V G G F U U K L I S
R H I H Y I I S L I O N U O R
E O T O P H R L A D R V A N P
H N E T T E I D E U G E A L E
J E S I D M E D B D Y A X F S
D Y E L N A N L I M L Q Y I W
W O E F I R D M E M O R I A L
U S N A I T P Y G E H O R E H
```

62

THE LOST COIN

What **woman** having <u>**ten pieces**</u> of **silver**, if she **lose** one **piece**, doth not **light** a **candle**, and **sweep** the **house**, and **seek diligently** till she <u>**find it**</u>? And when she hath **found** it, she **calleth** her **friends** and her **neighbours together**, saying, **Rejoice** with me; for <u>**I have found**</u> the piece which <u>**I had lost**</u>. **Likewise**, I say unto you, <u>**there is joy**</u> in the **presence** of the **angels** of God **over** one **sinner** that **repenteth**. (Luke 15:8–10)

WORD SEARCH

```
T  F  I  N  D  I  T  P  R  E  S  E  N  C  E
H  Y  U  H  S  L  C  U  S  D  Q  W  J  I  O
E  L  Y  R  A  P  O  I  Z  S  O  V  E  R  L
R  T  T  E  R  V  W  S  W  X  I  A  V  E  K
E  N  W  V  S  E  E  K  E  O  T  N  B  H  P
I  E  E  L  K  I  J  F  C  S  M  P  N  T  O
S  G  S  I  P  U  S  O  O  A  O  A  S  E  U
J  I  L  S  G  C  T  L  I  U  L  D  N  G  R
O  L  E  W  F  H  D  W  Y  C  N  L  P  O  M
Y  I  G  D  E  A  B  S  C  E  E  D  E  T  A
S  D  N  C  H  K  D  O  I  A  H  C  F  T  D
O  U  A  I  U  L  A  R  U  B  N  O  E  N  H
L  I  G  H  T  J  F  L  Y  R  G  D  U  I  A
P  R  T  E  N  P  I  E  C  E  S  O  L  S  P
H  T  E  T  N  E  P  E  R  T  F  L  K  E  E
```

63

DOOMED SODOM
(GENESIS 19:1–26)

Angels	Feast	Mountain
Blindness	Fire	Night
Bread	Gate	Pillar
Brimstone	Gomorrah	Pray
City	Heaven	Salt
Consumed	House	Sodom
Daughters	Inhabitants	<u>Sons in law</u>
Destroy	Iniquity	Street
Door	Lot	Wife
Escape	Merciful	Zoar
Evil	Morning	

WORD SEARCH

```
E  I  S  L  E  G  N  A  D  B  H  P  L  E  T
T  T  N  S  J  E  O  E  G  S  R  T  R  S  B
A  Y  U  H  P  Y  M  T  S  O  B  E  A  A  U
G  O  Z  A  A  U  K  E  O  S  M  E  A  K  Y
H  B  C  O  S  B  N  D  R  U  F  O  V  D  P
P  S  M  N  A  D  I  E  N  C  Z  A  G  L  I
E  I  O  K  N  R  T  T  H  G  I  N  U  E  N
N  C  L  I  S  H  F  Y  A  W  I  F  N  O  I
I  O  L  L  G  O  O  V  R  N  Q  O  U  P  Q
A  B  W  U  A  R  D  N  R  H  T  F  H  L  U
T  E  A  I  T  R  E  O  O  S  Y  S  E  A  I
N  D  V  S  F  V  M  H  M  S  T  R  E  E  T
U  A  E  I  A  E  T  I  O  P  I  G  O  L  Y
O  D  M  E  L  O  R  S  G  F  C  M  A  L  B
M  S  H  A  L  B  W  A  L  N  I  S  N  O  S
```

64

THE SUN STOPPED

And the **sun stood still**, and the **moon stayed**, until the **people** had **avenged themselves** upon their **enemies**. Is not this **written** in the **book** of **Jasher**? So the sun stood still in the **midst** of **heaven**, and **hasted** not to go **down** about a **whole day**. (Joshua 10:13)

WORD SEARCH

```
W T D J A S H E D U D Y U S T
R S T B W O D D A E M I D S H
I D S E H I J M Y E N E O E E
T I I D O N W A H A S T A D M
T M W H L U T V S L L V I T S
D M O O E S O E P H E S A J E
E O B O O G Q K L N E J T A L
G D L P K O O B I R W R A N V
N O O M I D E T S A H A D E E
E H A W H A S T E V M O P T S
V E N E N M I I E S G E E T M
A S T I E N E M I E S P O I I
S R O L O H W E P L E O P R D
U U W H O L K M O O D T L W S
P S T I L L O O M E L O E P
```

65

FROM ADAM TO NOAH
(Genesis 5)

Adam	Jared
Begat	Lamech
Cainan	Mahalaleel
Daughters	Methuselah
Days	Noah
Enoch	Seth
Enos	Shem
Ham	Sons
Japheth	Years

WORD SEARCH

```
C R B Y U B R E T Y C K G L N
A E E E S E T H O P W W E N A
I A D D O G J A P H E T H O L
L T S M N A U D E E N T S K I
L W O Y E T R G N I P H N T G
H E K S O O A H C E M A L R A
E I E M R A R A E D X A J C S
J N N L B U V L T A J M A H R
H H O M A M Y E R Y E A R S E
E Y C O B L C S M S C Q E K T
T S H E M W A U A G R U D M H
A O P R A D I H D H Q U E H G
A N N I F D N T A A O T S I U
R S E S E L A E O M R E B R A
D E B H A O N M I T A N I A D
```

66

THE ARK BROUGHT TO JERUSALEM

Again, **David** gathered together all the **chosen men** of Israel, **thirty thousand**. And David arose, and went with all the people that were with him from **Baale** of **Judah**, to bring up from thence the ark of **God**, whose **name** is called by the name of the **Lord of hosts** that **dwelleth** between the **cherubims**. And they set the ark of God upon a new **cart**, and brought it out of the house of **Abinadab** that was in **Gibeah**: and **Uzzah** and **Ahio**, the sons of Abinadab, drave the new cart. And they brought it out of the house of Abinadab which was at Gibeah, **accompanying** the ark of God: and Ahio went before the ark. And David and all the **house** of Israel **played** before the Lord on all manner of **instruments** made of **fir wood**, even on **harps**, and on **psalteries**, and on **timbrels**, and on **cornets**, and on **cymbals**. (2 Samuel 6:1–5)

WORD SEARCH

```
D A B I N A D A B Y T R A C T
E C H O G I B E A H R O L S H
L C T I M B R E L S N A M D I
D O O W R I F Y A L P I D E R
E M R D I V A D I O B A W M T
Y P Q D A V E Z S U A X E A Y
A A U O O S R H R F A W L N T
L N I G U F I E A E L O L E H
P Y B O H T H O E Z E O E M O
O I H A R C X O L D Z P T N U
N N Y J U D A H S A C U H E S
W G S T N E M U R T S N I S A
R S T E N R O C R B S I T O N
I S P R A H S L A B M Y C H D
F P S A L T E R I E S R O C S
```

A HEALING AT BETHESDA
(John 5:1–14)

Angel

Bethesda

Blind

Cured

Disease

Halt

Immediately

Impotent

Infirmity

Jerusalem

Jesus

Market

Multitude

Pool

Porches

Rise

Sabbath

Sheep

Walk

Whole

Withered

WORD SEARCH

```
S E I K Z S R A D S E H T E B
I O B Y W E R T W H O L E C J
L A F Q M U L T I T U D E K E
U C Y B Z N P L M O K I A K R
A S L L E G N A H C R S P L U
P T X I E G H H I L J E S U S
O T N N S T E E H Y K A T J A
R E N D A Y A M T A T S N Q L
C K E B L C N I L L K E E U E
H R B K U U M A D L O G T L M
E A S O O R I S N E M O O K P
S M A W I E X H M I M C P L K
I O U F L D E E W Y S M M A B
R J N E D R D E R E H T I W R
D I K M D R S P T L N E S Y T
```

68

A WISE MAN

A **wise man <u>will hear</u>**, and will **increase learning**; and a man of **understanding <u>shall attain unto</u>** wise **counsels**: To **understand** a **proverb**, and the **interpretation**; the **words** of the wise, and **their dark sayings**. (Proverbs 1:5–6)

WORD SEARCH

```
U N D E R S T A N D I N G T C
N U W I S E H B C O U N H L O
S N I W P R R V O R P E R E W
A D N I I E C O U N I D S A I
Y S R N V S L I W R N A H R L
I A U O C R E G R P T R A N L
N Y R A W Z N I N R E K L I H
G P S A I I Y N I O R F O V E
S S A Y N S A C R V P Q T C A
N A M R U N S L E S N U O C R
S H A L L A T T A I N U N T O
P E P R O V E W I S S N U O C
L N O I T A T E R P R E T N I
A U N D E R S T A N D E D N U
S H A L K R E S A E R C N I T
```

OLD TESTAMENT PUNISHMENTS

Bloody water (Exodus 7:19–20)

Boils

Brimstone

Confused speech (Genesis 11:9)

Darkness

Death

Destruction

Enmity

Fiery serpents

Fire

Flies

Frogs

Great flood

Hail

Lice

Locusts

Pillar of salt

Sorrowful birth (Genesis 3:16)

Thistles

Thorns

Thunder

Wandering

WORD SEARCH

```
B R F H M O K S N R O H T C L
H U P I L L A R O F S A L T M
T W N A E T H S E L T S I H T
R D E S T R U C T I O N C F R
I R E T A W Y D O O L B E I E
B O I L S R O S W E H O O R D
L D O O L F T A E R G Q H E N
U N L O C U S T S R Z C L O U
F C O N F U S E D S P E E C H
W L E N M I T Y L E P E L M T
O F I C S S E N K R A D N J S
R O O E G Z J G S O G T R T R
R G Q O S R I Y P L I A H P S
O B R I M S T O N E S G R Q O
S F G J W A N D E R I N G J O
```

70

CLEAN!

And, **behold**, there **came** a **leper** and **worshipped** him, **saying, Lord**, if thou **wilt**, thou **canst make** me **clean**. And **Jesus** <u>**put forth**</u> his **hand**, and **touched** him, saying, I will; <u>**be thou**</u> clean. And **immediately** his **leprosy** was **cleansed**. (Matthew 8:2–3)

WORD SEARCH

```
I M D B E H O K L D S U S E J
C L E N A W R A I D E M M I T
L E W M A K E P W C L E A Y O
E P I L O H P U O W F T U P U
A H L B J E E T R D L O H E B
N M O E E E L F S A Y I N C C
D A G T S I S O H A N G L A L
F C N H W R I R I B E E H N E
E L I O P G N T P I A Y A S P
S C Y U B E T H P N C U O T R
A M A O F T U P E O F S A C O
Y A S M W O R S D R O L Y A S
I C C L E A N S E D C A L E Y
J N W I L O T O U C H E D I I
K I M M E D I A T E L Y L I W
```

71

BLESSINGS OF OBEDIENCE
(Deuteronomy 28:1–14)

<u>Above all nations</u>

Basket

Bless

Cattle

City

Command

Diligently

Field

Flocks

<u>Fruit of thy body</u>

Good

Ground

Head

Hearken

Heaven

Holy

Increase

Kine

Land

<u>Not the tail</u>

Observe

Overtake

People

Plenteous

Rain

Season

Sheep

Storehouses

Treasure

<u>Voice of the Lord</u>

<u>Walk in his ways</u>

Work

WORD SEARCH

```
I  D  I  L  I  G  E  N  T  L  Y  A  T  Y  A
A  M  R  N  O  W  O  M  N  T  M  Y  D  B  O
S  K  C  O  L  F  K  T  I  G  E  O  O  B  H
M  A  D  S  L  I  R  C  A  O  B  V  L  E  E
P  E  B  A  I  E  O  A  R  Y  E  E  A  S  A
L  S  D  E  A  L  H  T  H  A  S  R  N  E  D
E  A  N  S  T  D  I  T  L  S  K  T  D  S  O
N  E  U  E  E  N  F  L  F  E  D  A  H  U  T
T  R  O  L  H  O  N  E  N  O  P  K  O  O  O
E  C  R  B  T  A  T  I  S  H  E  E  P  H  B
O  N  G  I  T  E  K  S  A  B  O  C  E  E  S
U  I  U  I  O  W  O  R  O  E  P  L  I  R  E
S  R  O  D  N  A  M  M  O  C  L  A  Y  O  R
F  N  E  V  A  E  H  R  E  W  E  H  O  T  V
S  Y  A  W  S  I  H  N  I  K  L  A  W  S  E
```

72

CURSES OF DISOBEDIENCE

(Deuteronomy 28:15–68)

Blasting	Flee	Plagues
Blindness	Fever	Powder
Botch of Egypt	Fray	Removed
Brass	Inflammation	Scab
Carcase	Iron	Sickness
Crushed	Itch	Smite
Curses	Madness	Spoiled
Destroyed	Mildew	Sword
Dust	Oppressed	Vexation
Emerods	Perish quickly	Worms
Extreme burning	Pestilence	

WORD SEARCH

```
D E S S E R P P O S R E V E F
V E X A T I O N D P S X S L A
I N O T S M R O W E W P E O S
N A R P R D R E O R O E M M T
F R A Y A E H C T I R R I P I
L I C G M Y M N L S D T L O C
A K R E M O V E D H E A D W A
M G U F A R D L B Q G C E D R
M N S O D T C I D U S T W E C
A I H H N S U T E I R C O R A
T T E C E E R S I C K N E S S
I S D T S D S E R K N O I L E
O A C O S R E P O L S C A N B
N L E B A C S I N Y E V E R G
Y B L I N D N E S S A R B Y F
```

BETTER THAN ALMS

Now **Peter** and **John** went up together into the **temple** at the <u>**hour of prayer**</u>, being the ninth hour. And a certain man **lame** from his <u>**mother's womb**</u> was carried, whom they laid daily at the **gate** of the temple which is called **Beautiful**, to ask **alms** of them that entered into the temple; who seeing Peter and John about to go into the temple asked an alms. And Peter, fastening his eyes upon him with John, said, Look on us. And he gave **heed** unto them, **expecting** to receive something of them. Then Peter said, **Silver** and **gold** have I none; but such as I have give I thee: In the name of <u>**Jesus Christ**</u> of **Nazareth** rise up and walk. And he took him by the <u>**right hand**</u>, and lifted him up: and **immediately** his **feet** and **ankle** bones received strength. And he **leaping** up stood, and walked, and entered with them into the temple, walking, and leaping, and <u>**praising God**</u>. (Acts 3:1–8)

WORD SEARCH

```
T F O V B H A I N D E E H D W
R E G H T E R A Z A N O P F L
B N K R D M N E E R U Q R I E
E M G N I P A E L R R G A M E
T I O A N K L E O V I N I M L
S B L W G W O F D S G I S E U
I Z D I S A P F A H H T I D F
R P N C L R C H W H T C N I I
H E F O A F E E T V H E G A T
C T I Y I W R H C B A P G T U
S E E Y R V T N T D N X O E A
U R E V L I S H K O D E D L E
S Z E L P M E T Y D M T H Y B
E N K S I B M K G A O A Z B M
J O H N F M S A L M S G S V O
```

74

JEWELS AND METALS OF THE BIBLE

Amethyst	Jasper
Beryl	Lead
Brass	Pearl
Chalcedony	Sapphire
Chrysolyte	Sardius
Chrysoprasus	Sardonyx
Emerald	Silver
Gold	Tin
Iron	Topaz
Jacinth	

WORD SEARCH

```
A R C H A L H E M E R A X B J
M M H O I T S S I L V E R R A
E T A M N E R I H P P A S A S
A I L I R G O L P O T U I S P
P M C H R N E R I S S N O R I
E A E Z O I T A R A E P R L R
J A D T A T Y E R R T I E Y O
D L O G H P L P E D S A P R P
E M N X I Y O G O O L S S E L
M O Y L I S S T U N E C A B E
E B E R Y T Y T I Y A U J R A
R G O R T O R S A X D Y R E B
A I H A E P H J A C I N B V P
Q C O R I A C S D L A R E M E
S A S A R D I U S O S Y R H C
```

A SOLITARY PLACE

And in the **morning**, <u>**rising up**</u> a **great** while <u>**before day**</u>, he went out, and **departed** into a <u>**solitary place**</u>, and there **prayed**. And **Simon** and they that were with him **followed after** him. And when they had **found** him, they said unto him, All men **seek** for thee. And he said unto them, <u>**Let us go**</u> into the **next towns**, that I may **preach** there also: for **therefore** came I forth. And he preached in their **synagogues throughout** all **Galilee**, and <u>**cast out**</u> **devils**. (Mark 1:35–39)

WORD SEARCH

```
S  M  A  P  P  O  I  N  B  T  C  S  B  E  R
P  T  O  W  N  S  D  E  T  R  A  P  E  D  E
R  R  R  R  P  R  A  X  H  O  S  G  F  G  C
I  O  E  E  N  M  I  T  U  M  T  A  O  H  A
F  B  T  A  T  I  W  A  B  P  O  L  R  O  L
O  E  U  H  C  F  N  B  U  R  U  I  E  S  P
L  D  O  K  E  H  A  G  S  A  T  L  D  Y  Y
L  H  H  M  E  R  N  O  I  Y  E  E  A  E  R
O  A  G  O  U  I  E  Q  N  E  R  E  Y  T  A
W  T  U  M  S  A  R  F  E  D  C  O  M  P  T
E  N  O  I  F  R  E  P  O  R  N  K  V  J  I
D  A  R  D  E  V  I  L  S  R  I  U  E  B  L
I  C  H  L  E  T  U  S  G  O  E  G  O  E  O
A  I  T  C  O  M  P  T  A  E  R  G  X  F  S
F  N  O  M  I  S  E  U  G  O  G  A  N  Y  S
```

76

DOCTRINAL TERMS

Adoption

Condemnation

Faith

Grace

Hope

Imputed

Iniquity

Inspiration

Judgment

Justification

Mercy

Offences

Propitiation

Redeem

Regeneration

Renewed

Revelation

Righteousness

Salvation

Sanctification

Sin

Testament

Transgressions

WORD SEARCH

```
S K R E G E N E R A T I O N S
A H N O I T A I T I P O R P S
N O I T A R I P S N I S T J E
C P M T I N I Q U I T Y E N N
T E P E A D O P T I O N O R S
I J U S T I F I C A T I O N U
F U T T M N Y A T O T S D D O
I D E A E L O W I A U L N E E
C G D M E M S I N T L T I W T
A M I E D O E M T A H E B E H
T E B N E U E R F A E N V N G
I N E T R D S T C M V C H E I
O T L R N L U A F Y G L A R R
N S N O I S S E R G S N A R T
S E C N E F F O B N A E W S G
```

JEHOSHEBA'S DARING DEED

And when **Athaliah** the **mother** of **Ahaziah** saw that her <u>**son was dead**</u>, she **arose** and **destroyed** all the **seed royal**. But **Jehosheba**, the **daughter** of <u>**king Joram**</u>, **sister** of Ahaziah, took **Joash** the son of Ahaziah, and <u>**stole him**</u> from among the king's sons which were slain; and they **hid** him, even him and his **nurse**, in the **bedchamber** from Athaliah, so that he was <u>**not slain**</u>. And he was with her hid in the <u>**house of the L**ORD</u> six **years**. And Athaliah did **reign** over the **land**. And the seventh year **Jehoiada** sent and **fetched** the **rulers** over **hundreds**, with the captains and the **guard**, and brought them to him into the house of the LORD, and **made** a **covenant** with them, and took an **oath** of them in the house of the LORD, and **shewed** them the <u>**king's son**</u>. (2 Kings 11:1–4)

WORD SEARCH

```
A  S  R  E  L  U  R  E  I  G  N  D  E  G  A
K  H  A  B  C  D  E  H  C  T  E  F  S  O  Z
S  T  O  L  E  H  I  M  L  I  K  R  L  L  A
O  R  N  U  T  D  H  A  I  Z  A  H  A  A  H
N  M  I  R  S  L  S  M  Z  E  B  A  T  N  A
W  A  A  E  S  E  A  N  Y  G  E  Z  N  D  I
A  R  L  R  E  D  O  Y  M  U  H  L  A  I  L
S  O  S  D  E  S  J  F  O  A  S  I  N  H  A
D  J  T  A  S  D  E  S  T  R  O  Y  E  D  H
E  G  O  G  R  E  A  D  H  H  H  E  V  A  T
A  N  N  U  U  R  J  E  E  S  E  S  O  R  A
D  I  L  A  N  D  U  J  R  W  J  L  C  O  H
K  K  A  R  K  N  S  I  S  T  E  R  O  T  A
G  U  A  D  A  U  G  H  T  E  R  H  A  R  M
R  E  B  M  A  H  C  D  E  B  T  O  S  U  D
```

NAMES OF GOD ALPHABET

Abba	Light
Buckler	<u>Most High</u>
Creator	<u>New Spirit</u>
Deliverer	<u>Our Passover</u>
<u>Everlasting God</u>	Potter
Fortress	Rock
<u>God of Gods</u>	Song
<u>Holy One</u>	Truth
<u>I Am That I Am</u>	Vine
Jehovah	<u>Wall of fire</u>
King	

WORD SEARCH

```
G F O R T R E S S R Y K D C O
M E N O Y L O H J K C O R A D
O V T G U D K E L R P E L O Z
S P R I C A H L E M A S G U P
T I U E A O N T K T F G O X R
H W T L V M T V O G N I D Y E
I A H A V O T R A I E A O C R
G L H G P Y S H T J W Y F M E
H L N R O U Z S A J S T G A V
F O M X E I A C A T P V O K I
S F C D J L X F S P I L D I L
Y F S G R I K K O Y R A S N E
N I Z E I G G C O U I M G D
M R V L X H F Z U L T J O F P
C E N I V T V I A B B A U S D
```

79

GIFTS FOR THE KING

When they had **heard** the **king**, they **departed**; and, lo, the **star**, which they **saw** in the **east**, went **before** them, till it **came** and **stood over** where the **young child** was. When they saw the star, they **rejoiced** with **exceeding great joy**. And when they were come into the **house**, they saw the young child with **Mary** his **mother**, and <u>**fell down**</u>, and **worshipped** him: and when they had **opened** their **treasures**, they **presented** unto him gifts; **gold**, and **frankincense** and **myrrh**. (Matthew 2:9–11)

WORD SEARCH

```
R D B E H O U S E P E D A N E
E E E E R O F E B J E R T W O
F T C E Y D O W T S T A R O P
D R O H E O K A K E E E E D E
E A A G I P U S I R O H A L N
C P O N L L W N G U A T S L E
I E N I K N D I G S T S A E D
O D M E A I E S T A R T X F C
J O S A E G N I D E E C X E D
E V T T C C H C P R R E V O R
R E O B O R Y O E T O Y O U E
G N I K R M O T H N O T O M H
T R M Y R A M Y R J S T A J T
A E M T R D E T N E S E R P O
G O L D D E P P I H S R O W M
```

80

NAMES FOR SATAN

Abaddon (Revelation 9:11)

Accuser (Revelation 12:10)

Adversary (1 Peter 5:8)

Angel of light
(2 Corinthians 11:14)

Apollyon (Revelation 9:11)

Beelzebub (Luke 11:15)

Belial (2 Corinthians 6:15)

Deceiver (2 John 1:7)

Devil (Matthew 4:1)

Dragon (Revelation 12:7)

Enemy (Acts 13:10)

God of this world
(2 Corinthians 4:4)

Leviathan (Isaiah 27:1)

Liar (John 8:44)

Lucifer (Isaiah 14:12)

Murderer (John 8:44)

Prince of the **devils** (Mark 3:22)

Prince of the **world** (John 12:31)

Prince of power of the air
(Ephesians 2:2)

Roaring lion (1 Peter 5:8)

Ruler of darkness (Ephesians 6:12)

Satan (1 Chronicles 21:1)

Serpent (Revelation 12:9)

Tempter (Matthew 4:3)

Wicked one (1 John 5:18)

WORD SEARCH

```
S  S  E  N  K  R  A  D  F  O  R  E  L  U  R
E  R  E  T  P  M  E  T  H  G  I  P  W  S  T
R  D  B  M  N  L  K  N  N  J  D  R  L  A  H
P  R  E  W  O  P  F  O  E  C  N  I  R  P  G
E  E  E  C  U  W  G  S  F  M  V  N  O  O  I
N  F  L  O  E  A  I  N  R  E  Y  C  A  L  L
T  I  Z  I  R  I  O  C  D  V  T  E  R  L  F
O  C  E  D  V  D  V  F  K  S  C  O  I  Y  O
L  U  B  H  D  E  O  E  Y  E  P  F  N  O  L
A  L  U  A  Q  E  D  W  R  U  D  W  G  N  E
I  O  B  A  C  C  U  S  E  R  F  O  L  A  G
L  A  P  N  M  U  R  D  E  R  E  R  I  T  N
E  I  I  N  A  H  T  A  I  V  E  L  O  A  A
B  R  A  D  V  E  R  S  A  R  Y  D  N  S  U
P  D  L  R  O  W  S  I  H  T  F  O  D  O  G
```

81

OFFERINGS TO GOD

Hear, O **my people**, and **I will speak**; O **Israel**, and I will **testify** against thee: **I am God**, even thy God. I will not reprove thee for thy **sacrifices** or thy **burnt offerings**, to have been continually before me. I will take no **bullock** out of thy **house**, nor he **goats** out of thy folds. For every beast of the forest is **mine**, and the **cattle** upon a **thousand hills**. I know all the **fowls** of the mountains: and the **wild beasts** of the **field** are mine. If I were **hungry**, I would not tell thee: for the **world** is mine, and the fulness thereof. Will I eat the **flesh** of bulls, or drink the **blood** of goats? Offer unto God **thanksgiving**; and **pay** thy **vows** unto the most High: And **call upon me** in the **day of trouble**: I will **deliver** thee, and thou shalt **glorify** me. (Psalm 50:7–15)

WORD SEARCH

```
R T H O U S A N D H I L L S S
I C K Y F I T S E T W E G W E
W T A F Q F O W L S F N T I C
I Q B L E A R S I C I Z A L I
L Y Z B L O O D V R D M B D F
L K F B Y U K F E L G E F B I
S Q M I N E P F R O O L L E R
P K H Q R W F O D Y A T E A C
E C U E K O W E N C T T S S A
A O N B T F L W B M S A H T S
K L G N C Z Y G E T E C Z S F
R L R G N I V I G S K N A H T
F U Y F I E L D V O W S P A Y
B B H O U S E M Y P E O P L E
D A Y O F T R O U B L E K R W
```

82

THREE DAYS

(All of these are associated with "three days" in the Bible.)

Abode (Ezra 8:15, 32)

Baskets (Genesis 40:18)

Belly of the fish (Jonah 1:17)

Branches (Genesis 40:12)

Darkness (Exodus 10:22)

Dead bodies (Revelation 11:9–11)

Depart (1 Kings 12:5)

Eating and **drinking** (1 Chronicles 12:39)

Fast (Esther 4:16)

Imprisoned (Genesis 42:16–17)

Jesus' grave (Matthew 12:40)

Journey (Genesis 30:36, Jonah 3:3)

Lodged (Acts 28:7)

Lost and found (1 Samuel 9:20)

Pestilence (2 Samuel 24:13)

Preparation (Joshua 1:11)

Rebuild the temple (Matthew 27:40)

Riddle (Judges 14:14)

Searching (Luke 2:45–46)

Sick (1 Samuel 30:13)

Sought (2 Kings 2:17)

Tarried (Acts 28:12)

Without sight (Acts 9:9)

WORD SEARCH

```
N O I T A R A P E R P S T Y D
E B S O J S D U S L A J I H A
P A E P U E T R K O D B V C R
F U T L E I S G E E U D O T K
S J G I L S H U G B N G H D N
E K N D N Y T D S U U G H U E
I C I E F G O I O G I I P T S
D S H I D L D F L S R S L A S
O Y C R E Q D R T E O A W D E
B E R R P N T U I H N P V Z L
D N A A A S O H L N E C R E D
A R E T R H Y K U J K F E T D
E U S S T E K S A B W I I U I
D O H I B R A N C H E S N S R
L J W D E N O S I R P M I G H
```

83

LIFE PARADOX—FIND IT ONLY TO LOSE IT

Think not that **I am come** to send peace on **earth**: I came not to send **peace,** but a **sword**. For I am come to set a man at **variance** against his **father**, and the **daughter** against her **mother**, and the **daughter in law** against her **mother in law**. And a man's **foes** shall be they of his own **household**. He that **loveth** father or mother more than me is not **worthy** of me: and he that loveth son or daughter more than me is not worthy of me. And he that **taketh** not his **cross**, and **followeth** after me, is not worthy of me. He that **findeth** his **life shall lose** it: and he that **loseth** his life for my sake **shall find it**. (Matthew 10:34–39)

WORD SEARCH

```
L C R O S S I R E T H G U A D
L O Y N E W F A T H E R F R L
A I V O M A I M A C O K O T O
H U F W U L Z T N M L W L E S
P E Z E Q N S A U W S Z L S E
D M J B A I I X C H K P O O T
M O T H E R I N L A W I W L H
O C Q S A E T M B U Y F E L G
T M J V E T Y H T R O W T L A
H A U C R H E K I S A R H A R
A I A S T G S S O N R F G H E
N E W E K U O H T E K A T S H
P F V G L A F H T E D N I F T
W O R T Y D L O H E S U O H O
L A W S H A L L F I N D I T M
```

84

WHO BUILT ALTARS?

Abraham (Genesis 12:7–8; 13:18; 22:2, 9)

Ahab (1 Kings 16:32)

Balak (Numbers 23:1, 4, 14)

David (2 Samuel 24:25)

Elijah (1 Kings 18:31–32)

Gideon (Judges 6:24)

Isaac (Genesis 26:25)

Israel (Judges 21:4)

Jacob (Genesis 33:20, 35:1–7)

Jeroboam (1 Kings 12:32–33)

Joshua (Joshua 8:30)

Manasseh (2 Kings 21:3)

Manoah (Judges 13:20)

Moses (Exodus 17:15)

Noah (Genesis 8:20)

Samuel (1 Samuel 7:15, 17)

Saul (1 Samuel 14:35)

Tribes of Israel (Joshua 22:10)

Uriah (2 Kings 16:11)

Zerubbabel (Ezra 3:2)

WORD SEARCH

```
L M H U K C Y T L M J U O L G
E J A A W S L U V A I A E K S
B I L N E Z A J X N F A C J I
A A P S O S U C O A R S D O W
B D O J Q A P R M S C A H A B
B M G M E O H Q I S H O V Z F
U F B A X R A F B E Q U C P I
R I K H N E O E T H F H A H G
E W S A G S N B P R A D A F X
Z J X R E C J M O J S I W L E
D E P B W R E Z I A R T E Q C
F A I A V S I L E U M A S A B
O R V E N D E X R H R I A H F
T Z G I D E O N P S O S U J L
I A F B D T Q W I V I F C M K
```

85

FIVE BIBLE MEN HAD THIS NAME

Akkub	**Jahaziel**	**Manasseh**
Ammihud	**Jedaiah**	**Mattithiah**
Asaiah	**Jehoshaphat**	**Obed**
Asaph	**Jehu**	**Rephaiah**
Azareel	**Jeremoth**	**Shaphat**
Benjamin	**Jether**	**Sheba**
Gedaliah	**Joab**	**Shelomith**
Harim	**Jobab**	**Simeon**
Hattush	**Kish**	**Uzziah**
Helez	**Korah**	**Zedekiah**
Immer	**Malchijah**	
Jahath	**Malluch**	

WORD SEARCH

```
G Z E D E K I A H B A O J K M
J E R E M O T H M S H P A S A
T A D J A H A Z I E L E H I T
A A J A N W A B E H S I A M T
H S H E L O M I T H O L T E I
P S H P T I R H Z A K B H O T
A H S O A H A E A Z K O E N H
H M I R A H E H P T U K R D I
S C K A Y H S R T H T L U A A
H J U J E H U O I W A U O B H
A L I L A M M I H U D I S L B
I E E J L A Z A R E E L A H A
A Z I W M A L C H I J A H H B
S B E N J A M I N R E M M I O
A M A N A S S E H A I A D E J
```

86

YOUR BODY, A TEMPLE

What? know ye **not** that **your body** is the **temple** of the <u>**Holy Ghost**</u> which is <u>**in you**</u>, which ye **have** of **God**, and ye are not your **own?** For ye are **bought** with a **price: therefore glorify** God in your body, and in your **spirit**, which are God's. (1 Corinthians 6:19–20)

WORD SEARCH

```
W  P  S  I  R  I  T  G  F  E  R  E  H  T
H  R  G  L  O  R  I  F  L  G  L  P  O  N  K
T  I  J  Y  G  U  O  B  O  H  T  D  O  B  W
H  C  A  Q  W  S  P  I  R  O  H  L  O  H  O
E  D  N  E  L  H  W  Y  I  S  E  O  N  K  N
R  E  N  O  F  W  A  T  F  E  R  H  O  N  K
E  L  P  M  E  T  Y  T  Y  T  U  U  G  H  T
F  O  R  G  L  D  F  O  B  R  V  O  A  H  S
O  F  I  G  O  V  N  K  O  T  D  E  Y  P  P
R  R  C  B  H  P  O  Y  U  I  B  N  I  N  I
E  A  E  J  H  O  L  Y  G  H  O  S  T  L  I
O  W  N  Y  E  A  U  J  H  F  I  R  O  L  G
O  W  G  O  S  P  V  I  T  R  I  T  N  K  T
G  L  O  U  R  I  F  E  Y  W  D  O  B  O  N
B  O  U  R  H  O  L  R  G  H  U  S  N  T  K
```

87

DAVID AND MEPHIBOSHETH
(2 Samuel 9)

Ammiel	Given	Mephibosheth
David	God	Micha
<u>Dead dog</u>	<u>House of Saul</u>	Name
Dwelt	Jonathan	Restore
Food	Kindness	Reverence
<u>Eat bread</u>	<u>King's table</u>	Sake
Face	<u>Lame on his feet</u>	Servant
Father	Land	Shew
<u>Fear not</u>	Lodebar	Son
Fell	Machir	Ziba
Fetched	Master's	

WORD SEARCH

```
O T N A V R E S F F A U L T K
S H E W O X S E D W E L T I N
K I T T N E T N E A U L N O G
T D S E N C H K S A E G L L E
F O O D H M A N S M S D W O C
Z G N E E S O F A T H E R S N
O I D R R J O N A T H A N L E
K V B D A E R B T A E D C E R
I E W A S E L D I V A D O I E
N N I U S E F A L H N O R M V
E R O T W A X H E A P G E M E
T H O H C S E C L O D E B A R
L R T E E F S I H N O E M A L
E S R E T S A M A C H I R E O
R E I F L I N O R H C N U O F
```

88

NEBUCHADNEZZAR LOSES—
AND REGAINS—HIS MIND

The same **hour** was the thing **fulfilled** upon **Nebuchadnezzar**: and he was **driven** from men, and did <u>**eat grass**</u> as **oxen**, and his **body** was <u>**wet with the dew**</u> of heaven, till his **hairs** were grown like **eagles' feathers**, and his **nails** like <u>**birds' claws**</u>. And at the <u>**end of the days**</u> I Nebuchadnezzar **lifted** up mine eyes unto **heaven**, and mine **understanding** returned unto me, and I **blessed** the <u>**most High**</u>, and I **praised** and **honoured** him that liveth for ever, whose **dominion** is an **everlasting** dominion, and his **kingdom** is from **generation** to generation. (Daniel 4:33–34)

WORD SEARCH

```
D R I V E N O I T A R E N E G
D E A H E W B K I N G D O M B
O N H Z J F U L F I L L E D I
M D D T Z R O Y E A G L E S R
I O C E V E R L A S T I N G D
N F S H S L N U S E S V A D S
I T R T E I N D L S I E E E C
O H I A H A A E A M L R D T L
N E A M B I V R X H U W N F A
O D H O A E G E P O C R A I W
M A D N G T E H N E U U D L S
N Y I Z A R F O M O A N B K E
G S W E D E H T H T I W T E W
U N D E R S T A N D I N G H N
A F E A T H E R S L I A N I N
```

MUSICIANS AND INSTRUMENTS IN THE BIBLE

Musicians:

Asaph (1 Chronicles 6:39)

Benaiah (1 Chronicles 16:6)

Chenaniah (1 Chronicles 15:22)

David (1 Samuel 16:23)

Ethan (1 Chronicles 15:19)

Heman (1 Chronicles 6:33)

Jahaziel (1 Chronicles 16:6)

Jeduthun (1 Chronicles 16:41–42)

Instruments:

Cornet (Psalm 98:6)

Cymbals (Psalm 150:5)

Dulcimer (Daniel 3:5)

Flute (Daniel 3:5)

Harp (Genesis 4:21)

Organ (Psalm 150:4)

Psaltery (Psalm 71:22)

Sackbut (Daniel 3:5)

Timbrel (Psalm 68:25)

Trumpet (Numbers 10:1–10)

Zither (Psalm 33:2)

WORD SEARCH

```
A N U H T U D E J A E R W O Y
R F I N Q Y A T U Z B G Q R F
O D H X G L E J M N I V E K L
P T W E C P Z B O H P T I L U
S L A B M Y C U A W L X H A T
T M Y U D A V I D A E H O E E
E A R P I W N K S O T I A T R
N T S H R A T P Z U N A G R O
R A N J N L E R B M I T J F P
O M U E W O R K Y E L S M H A
C I H V N H C T Z W N E P O R
N C P A M A U L E I Z A H A J
A O H P S A C T S O S T I M E
T T S T A P M Y C A O R U A D
E D U L C I M E R N M Y M E H
```

90

SOURCE OF PEACE

But thou, **Bethlehem Ephratah**, though thou be **little among** the **thousands** of **Judah**, yet out of thee shall he **come forth** unto me that is to be **ruler** in **Israel**; whose goings forth have been from **of old**, from **everlasting**. And he shall **stand** and **feed** in the **strength** of the LORD, in the **majesty** of the **name** of the LORD his God; and they shall **abide**: for now shall he be **great** unto the **ends** of the **earth**. And this man shall be the **peace**. (Micah 5:2, 4–5)

WORD SEARCH

```
E  M  A  J  E  S  T  Y  L  H  T  E  B  N  E
V  E  P  H  R  A  T  G  B  H  E  O  A  V  L
R  E  A  R  D  L  O  F  O  T  A  M  E  I  J
A  U  J  E  E  D  I  B  A  R  E  R  T  S  U
M  Q  L  V  K  A  B  E  I  O  L  T  D  R  D
O  P  O  E  A  S  H  T  N  F  L  O  M  A  A
N  S  I  R  R  T  G  H  A  E  P  O  M  E  H
G  D  E  L  T  R  A  L  E  M  R  G  R  L  R
T  N  A  A  H  E  O  E  A  O  A  B  I  D  G
H  A  R  S  O  N  F  H  N  C  B  P  L  A  R
O  S  T  T  U  G  O  E  R  D  E  E  I  M  E
U  U  H  I  S  T  L  M  E  A  S  D  T  O  A
S  O  H  N  A  H  W  A  C  A  B  I  E  N  T
A  H  T  G  J  U  Q  E  A  L  R  E  V  E  O
S  T  A  N  D  J  H  A  T  A  R  H  P  E  F
```

APOLLOS

Alexandria	Journey
Apollos	Ministers
Baptism	Passed
Boldly	Paul
Convenient	Publicly
Convinced	Scriptures
Corinth	Spake
Diligently	Taught
Disciples	Transferred
Eloquent	<u>Upper coasts</u>
Ephesus	Watered
Instructed	Zenas
Jew	

WORD SEARCH

```
C O R T H I N S T R U C T E D
E S A N E Z Y E N R U O J G U
A P A S S E D X O T W R N A X
I A U Q U Y L T N E G I L I D
A K P B O S B O J D T N F R E
H E P O L O E M Q N E T O D R
C D E L B I L H A U N H S N R
A E R D A W C W P G E L R A E
P C C L P E G L R E U N E X F
O N O Y T N J H Y A R P T E S
L I A D I S C I P L E S S L N
L V S H S D E R E T A W I A A
O N T N M T A U G H T W N R R
S O S C R I P T U R E S I U T
N C O N V E N I E N T V M S Q
```

92

GOD'S PROTECTION GUARANTEE

But now thus saith the **Lord** that **created** thee, O **Jacob**, and he that **formed** thee, O **Israel**, <u>**Fear not**</u>: for I have **redeemed** thee, <u>**I have called thee**</u> by thy **name**; <u>**thou art mine**</u>. When thou passest through the **waters**, I will be <u>**with thee**</u>; and through the **rivers**, they shall not **overflow** thee: when thou **walkest** through the **fire**, thou shalt not be **burned**; neither shall the **flame kindle** upon thee. (Isaiah 43:1–2)

WORD SEARCH

```
Z J G O V E R F L O W A F R I
W Q F E A R N O T Z F I W H G
A B N J T E R U B O R T A W O
O E B R C D G A J E P V T Q J
T H O U A R T M I N E N E R T
N B B P R Z E B O C A J R E B
W R G F Q N H A A E F R S D U
A F E W H E E L T W Q T V E F
L K Z I O P L D V E B J S E W
K I R T P E A G N H D P R M N
E N N H D A F L A M E O E E A
S D U T G O W P B E M H V D Z
T L H H Q J T L E A R S I R G
J E F E M A N U B V O F R Q O
E O B E A G F R J Z F O W N V
```

93

JOSEPH INTERPRETS DREAMS
(Genesis 40)

Bakemeats	Hang
Baker	Head
Baskets	Interpretation
Birds	<u>King of Egypt</u>
Butler	Pharaoh
Cup	Prison
Feast	Restored
Flesh	Servants
Grapes	Vine

WORD SEARCH

```
B A H E M W Z K E T S D E A R
I H M B A S K V I N N T S X U
G A R B H C P H A R D F L E S
A N K W U S T E K S A B S M N
E G I P S T N A V R E S D I B
S Y N F E A L E G Y H G R A P
T Q G U C D T E E F D R I I K
A D O H A N E G R E K A B S H
E A F E A S M R G A Y P U K P
M N E L S N B I O S D E A X H
E H G Y E O F L E T O S I R A
K E Y R E S T V R E S I R P R
A O P T N I H I Y G H E A B A
B U T L Q R Z N I K S E R A O
I N T E R P R E T A T I O N H
```

94

KINGDOM OF HEAVEN

The **people** which **sat** in **darkness saw great light**; and to them which sat in the **region** and **shadow** of **death** light is **sprung up**. From that **time Jesus began** to **preach**, and to **say, Repent:** for the **kingdom** of **heaven** is at **hand**. (Matthew 4:16–17)

WORD SEARCH

```
P  E  O  P  L  N  E  V  A  E  H  G  E  B  T
G  R  E  A  T  Q  W  M  N  K  R  A  D  L  A
R  E  P  E  J  L  M  N  O  I  G  E  R  I  S
H  E  A  E  A  S  H  E  A  V  D  I  K  G  A
E  A  S  H  S  H  P  R  E  N  A  G  E  B  V
A  U  N  A  G  A  T  P  L  I  R  L  L  E  K
S  R  E  D  R  D  E  B  U  R  K  G  I  G  I
S  E  O  J  E  O  Z  E  J  E  N  E  G  A  N
P  P  I  E  P  W  T  N  E  P  E  R  H  X  G
R  E  G  L  I  G  H  T  A  H  S  E  R  Y  D
U  K  E  G  S  B  U  R  P  S  S  G  E  A  O
N  I  R  H  C  A  E  R  P  D  A  E  G  S  M
G  N  P  F  S  H  A  E  E  R  A  R  M  A  S
S  G  E  D  E  A  T  H  D  H  P  E  A  I  L
A  D  R  H  A  N  W  I  Q  S  C  S  D  I  T
```

THORNS OF THE BIBLE

Brambles

Briers

Buffet

Bushes

Choke

Compass

Crackling

Crown

Desolate

Fetters

Fire

Grown over

Hedge

In the flesh

In your sides

Kindle

Nettles

Pain

Platted

Pricking

Reap

Scourges

Sharper

Snares

Sprang up

Stubble

Tear

Thickets

Thistles

Unfruitful

Waste

Wilderness

WORD SEARCH

```
C O M P A S S E T A L O S E D
R E P R A H S T E K O H C L R
A G N I A P L A T T E D O B I
C R O W N H D M E L B B U T S
K O S E L B M A R B Y S R I P
L W H P E B F I R E H E G S R
I N Y O U R S I D E S L E S A
N O E F D E E H S G E T S E N
G V F A L R A E T D L S H N G
L E N T S R E T T E F I T R U
T R T O W O N H M H E H S E P
A E W A S T E K C I H T R D A
N K E T U N F R U I T F U L E
K I N D L E S E R A N S R I R
L N D O W G N I K C I R P W F
```

96

KILLER SERMON

And upon the **first** day of the **week**, when the disciples **came together** to **break bread**, Paul **preached** unto them, **ready to depart** on the morrow; and continued his **speech** until **midnight**. And there were many **lights** in the **upper** chamber, where they were **gathered** together. And there sat in a **window** a certain **young man** named **Eutychus**, being fallen into a **deep sleep**: and as **Paul** was long **preaching**, he **sunk down** with sleep, and **fell** down from the **third** loft, and was **taken up dead**. And Paul went down, and fell on him, and **embracing** him said, **Trouble not** yourselves; for his **life** is in him. When he therefore was come up again, and had broken bread, and **eaten**, and **talked** a **long while**, even till break of day, so he departed. And they brought the young man **alive**, and were not a little **comforted**. (Acts 20:7–12)

WORD SEARCH

```
D E K L A T O N E L B U O R T
L I G H T S U N K D O W N A H
O P G K M I D N I G H T E K I
N R E A D Y T O D E P A R T R
G E O L N Y O U N G M A N A D
W A W R S G D A E I N D E K E
H C F I W U L P T A P A M E H
I H F D N I H D A E O E B N C
L I C E V D E C E M F R R U A
E N S E L R O L Y I A B A P E
S G N I E L S W L T B K C D R
G L O H U P P E R E U A I E P
I U T U E T S R I F T E N A T
C A M E T O G E T H E R G D I
G P D E T R O F M O C B A U L
```

ABSALOM'S HAIR-RAISING DEMISE

(2 Samuel 18:9–18)

Absalom	Heaven	Slew
Beware	Joab	**Taken up**
Cast	**King's son**	Tarry
Charged	Oak	**Ten young men**
Compassed	**None touch**	**Thick boughs**
Earth	Pillar	**Three darts**
Falsehood	Pit	**Through the heart**
Girdle	**Rode upon a mule**	Thrust
Ground	Shekels	Took
Hanged	Silver	**Yet alive**
Head caught	Smite	

WORD SEARCH

```
Y E T A L I V E T I M S L E W
R A R T I P D O O H E S L A F
R R A T T H I C K B O U G H S
A T E B E P K L O X M A R D N
T H H C S N U I L A B T O H E
A S E R O A Y N N A H H U C V
K A H S E M L O E G R R N U A
E C T E P E P O U K S U D O E
N K H L K U D A M N A S A T H
U E G A E E C A S T G T O E A
S L U D R D L I R S L M G N N
M D O R A G L S E T E A E O G
I R R E W V E C R O S D M N E
T I H T E S T D N O T S E O D
H G T R B A O J E K A O E H C
```

98

PROPHECY FULFILLED

Now all this was **done**, that it **might** be **fulfilled** which was **spoken** of the **Lord** by the **prophet**, **saying**, Behold, a **virgin** shall be <u>**with child**</u>, and shall <u>**bring forth**</u> a **son**, and they shall **call** his **name Emmanuel**, which **being interpreted** is, <u>**God with us**</u>. (Matthew 1:22–23)

WORD SEARCH

```
H G O S V I R G I H P L A C N
S W I H T R O F G N I R B A S
L I E M M A N U E L M A N O O
D O N E I N G O N J W A N L V
M I R I G N B E A Y C A L L N
S I U D I N T M M A T M M E O
P S G Y L O R A K B E H O L D
O P A H I N T N X T N I G N G
K S E M R M F U L F I L T I I
E G M W I T H C H I L D E V M
N N M B R I N V I B O G H I G
G I N T E R P R E T E D P R R
R E I Y A S U H T I W D O G I
I B P R O F R O L N I G R I V
V F U L F I L L E D O R P V O
```

99

OLD TESTAMENT MARRIAGES

Adam to **Eve** (Genesis 2:21–25)

Lamech to **Adah** and **Zillah** (Genesis 4:19)

Isaac to **Rebekah** (Genesis 24:63–67)

Esau to **Judith** (Genesis 26:34–35)

Abraham to **Keturah** (Genesis 25:1)

Jacob to **Leah** and **Rachel** (Genesis 29:18–23)

Joseph to **Asenath** (Genesis 41:45)

Moses to **Zipporah** (Exodus 2:21)

Samson to a **Philistine** (Judges 14)

Boaz to **Ruth** (Ruth 4:13)

David to **Michal** (1 Samuel 18:20, 28) and to **Abigail** (1 Samuel 25:39) and to **Bathsheba** (2 Samuel 11:27)

Solomon to Pharaoh's **daughter** (1 Kings 3:1)

Ahab to **Jezebel** (1 Kings 16:31)

Ahasuerus to **Esther** (Esther 2:17)

Hosea to **Gomer** (Hosea 1:2–3)

WORD SEARCH

```
J  O  S  E  P  H  A  D  A  H  A  L  L  I  Z
A  U  M  I  C  H  A  L  H  C  E  M  A  L  I
C  X  D  A  D  R  K  R  T  O  R  W  H  Q  P
O  P  A  I  E  Y  E  J  A  M  S  A  F  U  P
B  S  V  M  T  Z  T  B  N  C  E  E  R  G  O
I  A  O  D  A  H  V  C  E  L  H  N  A  H  R
D  G  N  O  M  O  L  O  S  K  X  E  U  A  A
L  E  B  E  Z  E  J  U  A  W  A  A  L  R  H
L  U  I  O  B  S  R  P  M  L  S  H  T  U  R
I  G  F  A  E  E  O  A  S  E  V  E  B  T  D
A  R  H  S  U  I  D  M  O  W  S  O  P  E  A
G  A  O  S  Q  A  C  V  N  Z  K  T  U  K  S
I  M  A  K  E  N  I  T  S  I  L  I  H  P  W
B  H  A  B  E  H  S  H  T  A  B  F  C  E  O
A  B  R  A  H  A  M  D  A  U  G  H  T  E  R
```

ANSWERS

Puzzle 1

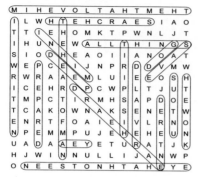

Puzzle 2

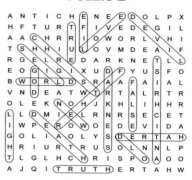

Puzzle 3

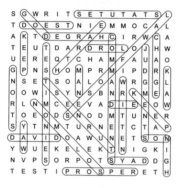

Puzzle 4

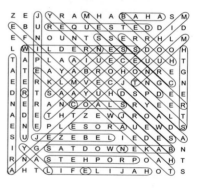

Puzzle 5

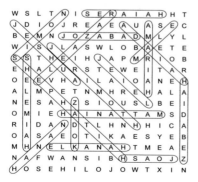

Puzzle 6

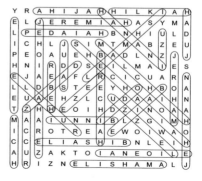

Puzzle 7

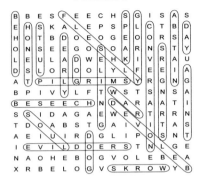

Puzzle 8

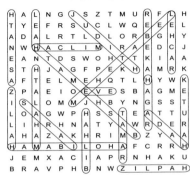

Puzzle 9

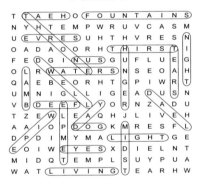

Puzzle 10

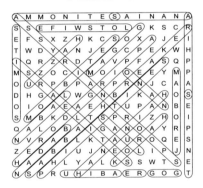

Puzzle 11

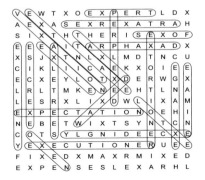

Puzzle 12

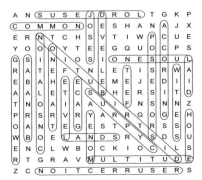

Puzzle 13

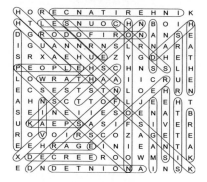

Puzzle 14

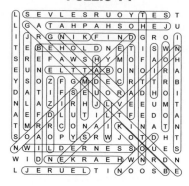

Puzzle 15

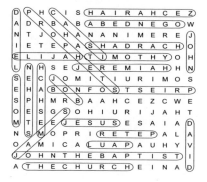

Puzzle 16

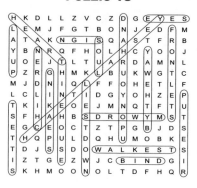

Puzzle 17

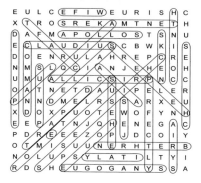

Puzzle 18

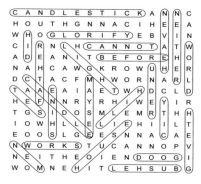

Puzzle 19

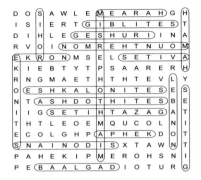

Puzzle 20

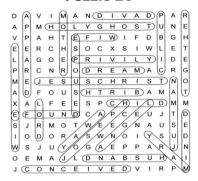

Puzzle 21

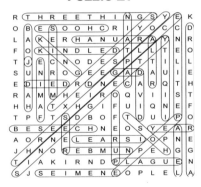

Puzzle 22

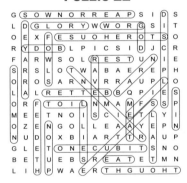

Puzzle 23

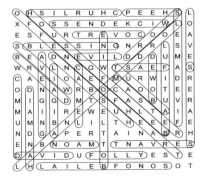

Puzzle 24

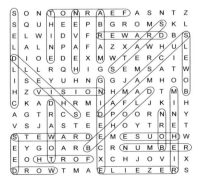

Puzzle 25

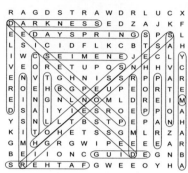

Puzzle 26

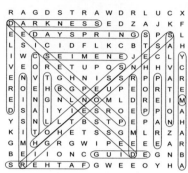

Puzzle 27

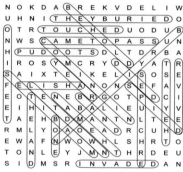

Puzzle 28

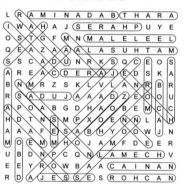

Puzzle 29

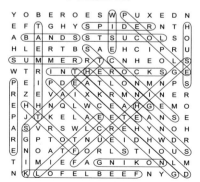

Puzzle 30

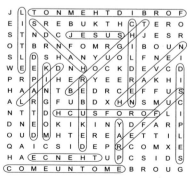

Puzzle 31

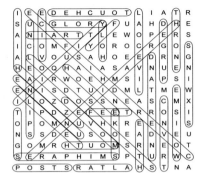

Puzzle 32

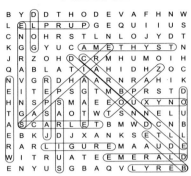

Puzzle 33

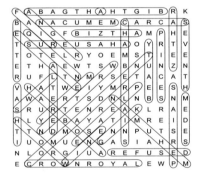

Puzzle 34

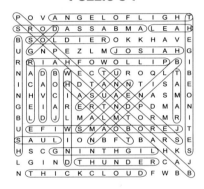

Puzzle 35

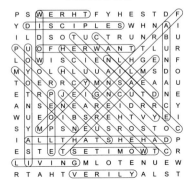

Puzzle 36

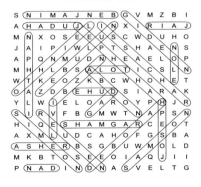

Puzzle 37

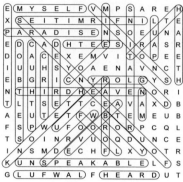

Puzzle 38

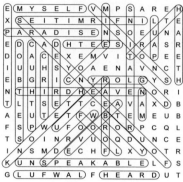

Puzzle 39

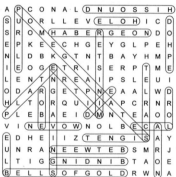

Puzzle 40

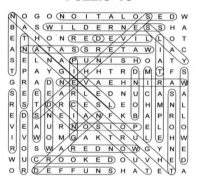

Puzzle 41

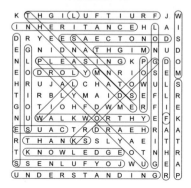

Puzzle 42

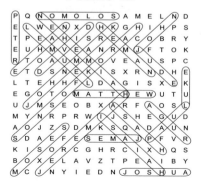

Puzzle 43

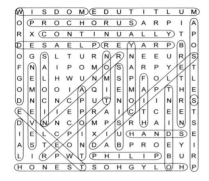

Puzzle 44

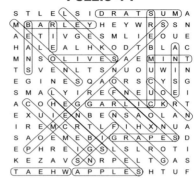

Puzzle 45

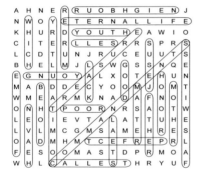

Puzzle 46

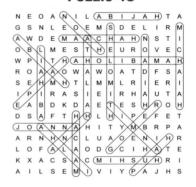

Puzzle 47

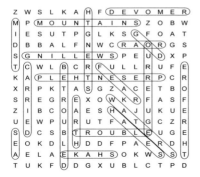

Puzzle 48

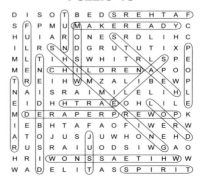

Puzzle 49

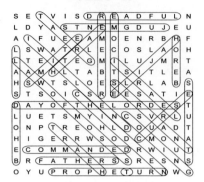

Puzzle 50

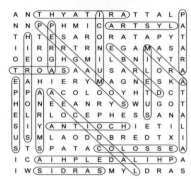

Puzzle 51

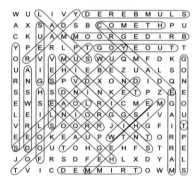

Puzzle 52

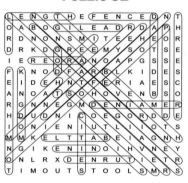

Puzzle 53

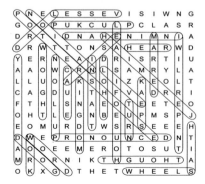

Puzzle 54

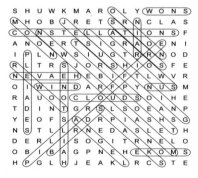

Puzzle 55

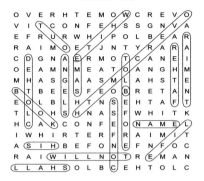

Puzzle 56

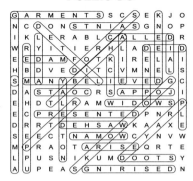

Puzzle 57

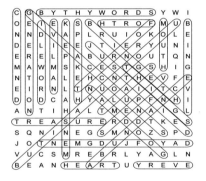

Puzzle 58

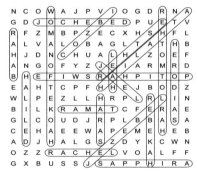

Puzzle 59

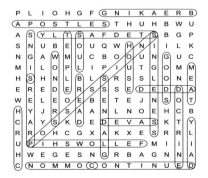

Puzzle 60

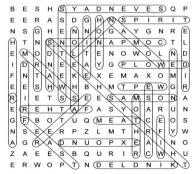

Puzzle 61

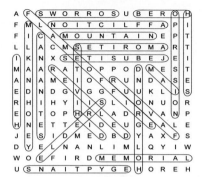

Puzzle 62

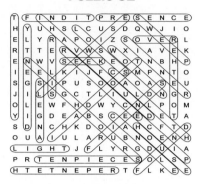

Puzzle 63

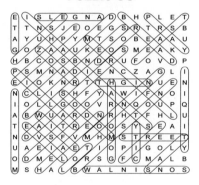

Puzzle 64

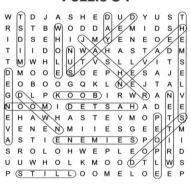

Puzzle 65

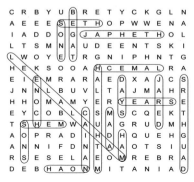

Puzzle 66

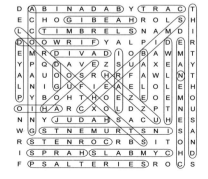

Puzzle 67

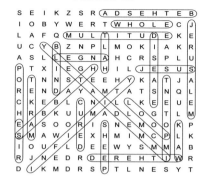

Puzzle 68

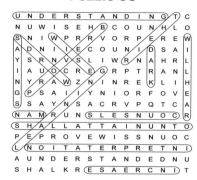

Puzzle 69

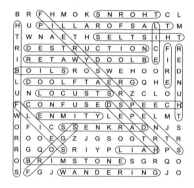

Puzzle 70

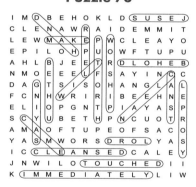

Puzzle 71

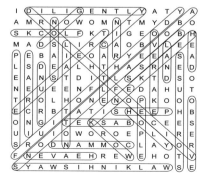

Puzzle 72

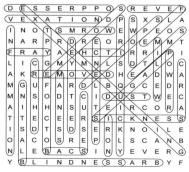

Puzzle 73

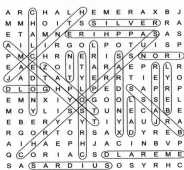

Puzzle 74

Puzzle 75

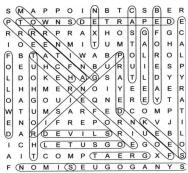

Puzzle 76

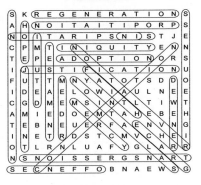

Puzzle 77

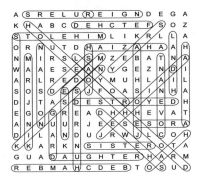

Puzzle 78

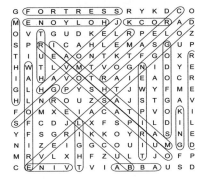

Puzzle 79

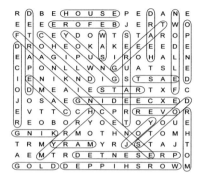

Puzzle 80

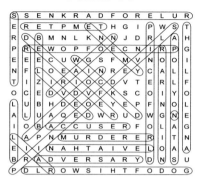

Puzzle 81

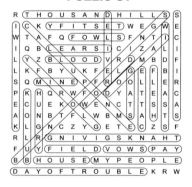

Puzzle 82

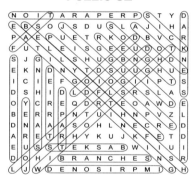

Puzzle 83

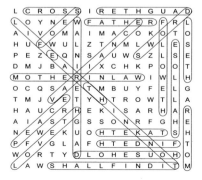

Puzzle 84

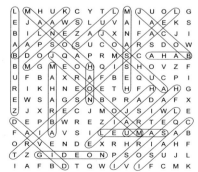

Puzzle 85

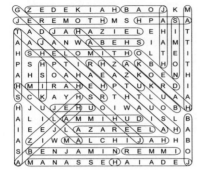

Puzzle 86

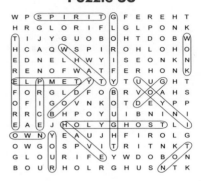

Puzzle 87

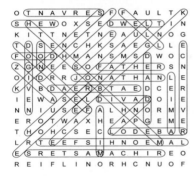

Puzzle 88

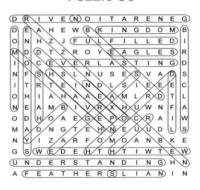

Puzzle 89

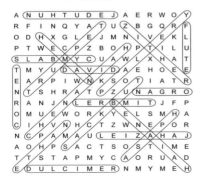

Puzzle 90

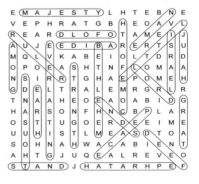

Puzzle 91

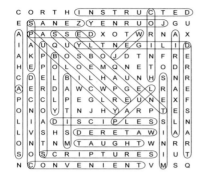

Puzzle 92

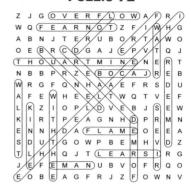

Puzzle 93

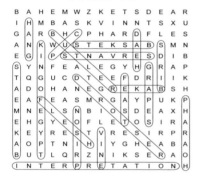

Puzzle 94

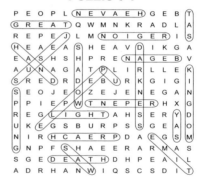

Puzzle 95

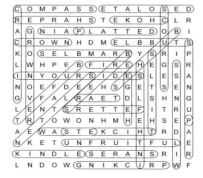

Puzzle 96

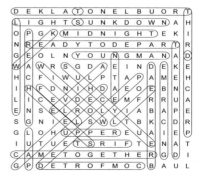

Puzzle 97

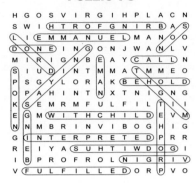

Puzzle 98

Puzzle 99

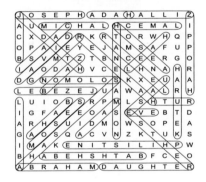

LOOKING FOR MORE FUN?

KEEP CALM AND PUZZLE ON: BIBLE CROSSWORDS

If you like Bible crosswords, you'll love this book. Here are 99 puzzles to expand your Bible knowledge and test your puzzle solving skills, as thousands of clues—from the King James Version of the Bible and occasionally other fields of interest—await your discovery. You're in for hours of fun!

Keep Calm and Puzzle On: Bible Crosswords contains themed puzzles based on the individual books of the Bible, from Genesis to Revelation. Answers, of course, are provided.

There's not much else to say, other than this: Keep calm and puzzle on!

Paperback / 978-1-64352-464-1 / $12.99